벼랑

벼랑

이금이 소설집

밤티

차례

바다 위의 집

노는 애와 이상한 애

순진한 나는 선생님들이 아이들의 교복을 가지고 잡는 트집에 대한 순수성을 조금도 의심하지 않았다. 터질 듯이 줄여 입은 교복을 징계하는 이유가, 사랑하는 제자들이 몸에 너무 꽉 끼는 옷을 입으면 혈액 순환에 문제가 생길까 봐 걱정되어서 또는 허리춤이 드러나 풍기 문란을 야기하기 때문인 줄로만 알았다.

그런데 이제 보니 아니다. 질투하는 거다. 몸에 꽉 끼지도 않고 허리춤도 드러나지 않는데, 학년 부장 선생님은 교복 허리선이 잘록하다는 이유로 수지를 잡았다. 그 애는 교복에 아무 짓도 안 했다. 그렇다면 교복 회사에 따져야지, 왜 수지를 잡는 건지. 선생님들은 화장으로, 액세서리로 아무리 치장해도 열일곱 살 소녀들의 풋풋한 젊음을 절대로 따라오지 못할 것이다.

내 눈에는 코르셋처럼 옥죄는 아이들의 교복이, 그저 유행을 좇는 것이 아니라 억압된 청춘에 대한 분노의 퍼포먼스로 보인다.

"분노의 퍼포먼스! 캬, 죽인다!"

아무리 내가 쓴 글이지만 마음에 쏙 드는 마무리다. 국어 선생님이 내게 수행평가 만점을 안 준다면, 그건 순전히 선생님의 갱년기 호르몬 변화로 인한 감정 기복 때문일 거다.

교무실 문을 열고 담임 자리를 보는 순간 타이밍이 좋지 않음을 느꼈다. 난주가 담임 앞에 서 있었다. 난주와 나는 담임의 골칫덩이 쌍두마차다. 담임이 그렇게 여긴다는 거지 내가 인정한다는 뜻은 아니다.

우리 반 아이들의 분류법에 따르자면 난주는 '노는 애'이고 나는 '이상한 애'다. 담임은 말끝마다 열일곱 살인 우리가 태어나기도 전부터 교사 생활을 했음을 내세우며 아이들을 뼛속까지 다 아는 것처럼 잘난 척을 해 댄다. 하지만 '노는 애'와 '이상한 애'를 단순히 한 덩어리로 묶는 걸 보면 그

경력과 전문성을 의심하지 않을 수 없다. 그러니 가장 열정적이었을 신임 교사 시절 이야기를 마르고 닳도록 되뇌며, 아이들이 자기를 신뢰해 잘 따른다고 착각하는 것도 무리는 아니다.

솔직히 나는 내가 '이상한 애'인 게 좋다. 내가 '이상한 애'로 불리는 동안은 아직 나를 잃지 않은 것 같아서다.

난주가 떠난 자리에 선 내가 입을 열기도 전에 담임은 인상부터 구겼다.

"나은조! 넌 또 무슨 일이야?"

'노는 애'가 담임의 심기를 심하게 건드린 모양이다. 하지만 나는 담임의 기분을 헤아려 줄 만한 여유가 없다. 아침부터 교실을 뛰쳐나가고 싶은 걸 간신히 참고 있는 중이다.

"오늘 야자 좀 빼 주세요."

나는 일단 가불을 청하는 스크루지의 직원처럼 잔뜩 비굴한 자세를 취했다. 명분보다 실리를 얻는 게 우선이니까.

"기말고사가 코앞인데 무슨 일로 빠지겠다는 거야? 어디 한번 이유나 들어 보자."

담임이 몸을 의자 등받이에 누이며 빈정거리듯 말했다. 아직도 핑계 댈 게 더 남아 있느냐는 듯한 표정이었다. 내가 학생의 예를 갖췄음에도 불구하고 담임이 졸렬하게 나오자 불끈 오기가 솟았다. 하지만 이럴 때 정면으로 대드는 건 담임의 태도에 정당성을 부여해 주는 바보 같은 짓이다. 그보다 어른들의 습성을 이용해야 한다. 그들에게는 그들이 정상이라고 일컫는 형태를 벗어난 가정의 아이들에게 (겉으로는) 쩔쩔매는 버릇이 있다.

"오늘이 아빠 제산데 엄마가 출장 갔다 늦게 와서 제가 준비를 해야 해요."

나는 잔뜩 가라앉은 목소리에 아빠의 부재에 대한 슬픔을 담았다. 내 연기는 성공이었다. 예상치 못한 내 답변에 담임은 당황스러운 표정으로 말했다.

"어…… 그, 그래. 가 봐라."

뒤돌아서며 나는 주먹을 불끈 쥐었다.

내 뒷모습을 보는 담임은 뭔가 속은 듯 찜찜하겠지. 하지만 아무리 야자에서 빠지고 싶다고 아빠 제사라는 거짓말을 하겠어, 하며 스스로를 위안할 거다.

그런데 거짓말이 맞는다. 우리 아빠 제삿날은 전 국민이 쉬는 설날이다. 아빠는 본가에서 차례를 지내고 다음 날 집에 오다가 교통사고를 당했다. 돌아가신 날의 전날을 기일로 삼기에 설날이 제삿날이 된 거다. 엄마와 내가 사고를 면한 건 엄마 덕분이다. 딸만 있는 집 큰딸인 엄마는 왜 명절 때마다 시가에 먼저 가야 하는지, 그 당시로서는 상당히 진보적인 쟁점으로 아빠와 다툰 끝에 집에 남았다. 세 살이라 아직 부록처럼 엄마 곁에 딸려 있던 나도 무사했다.

"엄마가 그때 아빠랑 같이 갔더라면 사고가 안 났을지도 모르는데. 그럼 우리 은조가 아빠 없는 애가 되지는 않았을 텐데, 미안해."

언젠가 엄마가 술에 취해 자책하며 사과했다.

"반대로 엄마랑 나까지 죽었을 수도 있잖아. 살려 줘서 고마워, 엄마."

나는 정말 그렇게 생각한다. 세상일이란 게 나 좋을 대로만 되진 않는다는 깨우침은 아빠 없는 아이로 살며 일찌감치 얻었다. 아쉬운 게 있다면 아빠의 부재가 이혼 때문이 아니라 사별 때문이라는 거다. '이혼'에서는 시류에 걸맞은 '쿨'한 분위기가 풍기지만 '사별'에는 어둡고 슬픈 느낌만 가득하다. 물론 그 덕분에 오늘 같은 날, 담임의 잔소리나 탐문 없이 수월하게 야자에서 빠질 수 있지만 말이다.

뱀파이어의 외출

교문을 나서자 낮에 외출한 뱀파이어라도 된 양, 햇살 아래 모습을 드러낸 풍경이 낯설게 여겨졌다. 버스 정류장에서 난주를 금방 알아보지 못한 것도 어쩌면 햇빛 때문일 거다. 타려는 버스가 오나 목을 빼고 바라보다 걸어오는 난주를 보았다. 그 애는 어느새 사복 차림이었고, 비비크림을 바른 듯 하얀 얼굴에 핑크빛 입술이 반짝거렸다. 고등학생으로 보이지 않을 만큼 성숙한 느낌이었다. 난주는 나를 모르는 척했다. 나 역시 교실에서도 말을 섞어 본 적이 없는 애한테 새삼스레 아는 척하고 싶지 않았다.

난주는 나를 지나쳐 정류장 부스 안으로 들어갔고 나는 곧 시내로 나가는 차에 올랐다. 빈자리에 앉는데 차창으로 다른 학교 교복을 입은 남자애가 난주의 어깨를 안는 게 보였다. 난주가 활짝 웃으며 남자애 허리에 팔을 둘렀다. 야자 째고 나온 학교 앞에서.

나는 담임에게 난주와 동급으로 골칫덩이 취급을 당하는 게 새삼 억울했다. 그런데 한편으론 난주가 슬그머니 부러워졌다. 나도 연애하고 싶다. 연락을 주고받던 남자애 몇 명이 있었지만 진짜 연애는 아직 해 보지 못했다. 멋진 남자애와 손도 잡고 로맨틱한 키스도 해 보고 싶다. 그러면 흑백 영화처럼 단조롭고 지루한 내 삶이 불이 들어온 것처럼 반짝반짝 빛날 것 같다. 머릿속으로 영화와 소설에서 본 온갖 에로틱한 장면들이 스쳐 지나갔다.

버스가 덜컹하고 출발하며 내 현실을 일깨워 줬다. 나는 상상 속 연인과 헤어진 듯 아쉬운 마음으로 화방에 가서 할 일들을 떠올렸다. 먼저 종이를 사야 한다. 동네 문구점에는 사려는 종이가 없다. 기말고사가 끝날 때까지는 야자에서 빠지기 어려울 테니 여러 장 사 두는 게 좋겠다. 간 김에 오일 파스텔도 사야겠다. 라니의 블로그에서 본 오일 파스텔 그림의 색감이나 질감이 마음에 들어서 나도 한번 써 보고 싶었다. 얼마 전 스케치해 놓은 그림에 어울릴 것 같다. 그 생각을 하자 가슴이 벅차올랐다. 나는 이렇게 무언가 하고 싶은 일로 심장이 뛸 때 행복하고 신난다.

고등학생이 되면서 가장 크게 느낀 감정은 소외감이었다. 일상의 대소사에서 밀려난 것 같은 기분은 충격적이기까지 했다. 벚꽃이 피었다 지고 봄비가 내리고 나무들이 눈부신

신록으로 되살아나는 걸 남의 일인 양 창문 너머로 구경만 해야 했다. 학교는 우리가 행여 바람이라도 들까 봐 눈을 치켜뜨고 감시하며, 중간고사는 연휴 뒤에 기말고사는 방학에 가깝게 날짜를 잡았고 지필평가가 끝난 뒤에는 곧바로 모의고사가 다가오도록 일정을 짰다.

나는 그들의 채찍질에 정신없이 앞만 보고 달려가며 새로운 영화, 전시회, 공연 들을 소식으로만 전해 들어야 했다. 순간순간, 나는 지금 '온전한 나'로 살아가고 있는지 회의가 들곤 했다. 무엇보다 바닷가의 모래알처럼 많은 세상의 책 중 아직 한 줌 정도밖에 읽지 못했다고 생각하면 마음이 쓰렸다. 하지만 줄줄이 늘어선 과제와 수행평가와 파도처럼 연달아 밀려오는 시험들 앞에서는 그런 생각조차 사치로 여겨졌다. 꾸역꾸역 치미는 생각들을 누르며 시간을 견디다 보면 더는 참을 수 없는 날이 왔다. 그런 날이면 야자를 빼먹고 영화관이나 서점이나 미술관으로 달려갔다.

엄격하고 철저한 학생 관리를 자랑으로 여기는 학교라 문화생활 따위를 이유로 야자에서 빠지는 것은 용납되지 않았다. 입학하고 얼마 지나지 않았을 때, 엄마와 공연을 보러 가려고 야자에서 빼 달라고 한 적이 있었다.

"너, 엄마랑 뮤지컬 보러 간다는 거 거짓말이지? 아직도 정신 못 차리고 연예인 꽁무니나 쫓아다니고 있어! 어떤 가수 팬클럽인지 대. 동방신기야? 슈퍼주니어야?"

담임은 자신이 아이돌을 아는 신세대 사고의 소유자임을 자랑하려는 듯했으나 나는 그런 오해를 받는 게 불쾌했다. 내게 장점이 있다면 감정이 곧바로 솔직하게 얼굴에 드러난다는 거다. 뭐, 남에게는 단점으로 비춰질 때도 있지만.

"엄마랑 뮤지컬 보러 가는 거 맞거든요. 엄마한테 전화해서 바꿔 드릴까요?"

내 말투 또한 감정에 솔직했다. 담임이 못마땅한 눈길로 나를 힐끗 보더니 말했다.

"오늘은 보내 주지만 앞으로 그런 건 주말에 보러 가. 다른 애들 분위기까지 흐려 놓지 말고."

일주일 내내 하루에 열다섯 시간씩 학교에 시간을 바치는데 나는 무쇠인가요? 주말에는 쉬어야지요! 그때 그 말을 못한 게 지금도 아쉽다.

난주처럼 남자를 만나는 것도 아닌데 거짓말을 해야 하다니. 담임을 속이고 야자에서 빠졌다는 쾌감은 그리 오래 가지 않았다. 하지만 솔직하게 이야기했다면 어떤 상황이 펼쳐졌을지 안 봐도 비디오다.

“선생님, 저 오늘 야자 좀 빼 주세요.”

“무슨 일로?”

담임은 이맛살부터 찌푸리겠지.

“화방에 가서 종이 좀 사려고요.”

“화방? 너, 미대 갈 거야?”

어쩌면 사려는 종이가 에이포 용지 같은 게 아니라 그림을 그리기 위한 종이라는 것부터 설명해야 할지도 모른다. 얼마 전 야자 시간에 『식탁 위의 쾌락』이란 책을 읽고 있는데, 제목만 보고 무슨 야한 책이라도 읽는 걸로 여겼던 담임이니 능히 그럴 수 있다. 그 책이 음식과 문화를 다룬 인문교양서라는 걸 알고는 모의고사를 앞두고 그런 쓸데없는 책을 읽고 있다며 야단쳤다. 그때 날 바라보던 담임의 눈빛을 떠올리면 도저히 허물 수 없는 벽이 앞을 가로막은 것처럼 답답하다. 나는 다시 상상을 이어간다.

“아뇨, 미대 갈 생각 없는데요.”

“그런데 화방은 왜 가?”

“그림 그리려고요.”

“미대 갈 것도 아니라면서 그림은 왜 그려? 그럴 시간 있으면 공부를 해, 공부를!"

그러면서 담임은 지난번에 치른 모의고사 성적을 보려고 수첩을 펼칠 거다. 내 성적은 영역별로 편을 나누어 시소를 타고 있다. 언어와 외국어가 사이좋게 한편을 먹고 솟구쳐 있다면 수리와 과학은 굳건히 바닥에 붙어 있다. 사회가 상위를 유지하고 있는 덕에 내 성적은 그럭저럭 중상위권이다.

"2학년 때 문과로 가면 과학은 빠지니까 수학만 좀 더 신경 쓰고 다른 과목을 꾸준히 하면 충분히 인 서울 할 수 있어. 내가 너 같은 애들 성적 올려서 스카이는 못 돼도 서성한 보낸 게 한두 번인 줄 알아? 오래전 졸업생들이 왜 지금까지 날 찾아오겠어? 그러니 나만 믿고 따라와."

담임은 자기 자랑할 틈을 만나 침방울을 튀길 거다.

담임을 믿고 따를 의사가 전혀 없는 나는 시큰둥한 표정을 감추지 못한다. 그리고 여전히 종이를 사러 가야 한다고 고집한다. 담임은 허락했든 안 했든 내 뒤통수에 대고 고개를 절레절레 흔들 거다.

내가 이상한 애가 된 건 온전히 학교 책임이다. 나는 고등학교가 더 큰 세계로 나아가기 위해 넘어야 하는 고개 같은 것으로 생각했다. 힘은 들지만, 그 고개를 넘으며 얻는 것

들로 성취감이나 뿌듯함이 느껴져 스스로 대견해지는 그런 것. 그런데 고등학교는 대학이라는 목표만 존재하는 곳이었다. 목표를 위해서는 눈도 귀도 막아야 하는 곳. 미래를 위해 현재를 유예하는 이상한 곳. 그 세계를 유지하기 위해 나 같은 아이를 이상한 아이로 몰아 제물로 삼으려는 거다.

나는 차창을 활짝 열었다. 그러고는 뱀파이어가 피를 찾듯 매연 속에서 싱그러운 자유의 냄새를 맡으려 킁킁거렸다.

유목의 삶

문을 따고 집으로 들어서자 갇혀 있던 공기가 나를 맞았다. 엄마는 마츠리를 취재하러 후쿠오카에 갔다. 엄마는 사방팔방 돌아다니며 취재해 글을 쓰는 프리랜서 기자다. 대학 때 이미 신춘문예에 시가 당선된 빛나는 신예였던 엄마는 아빠의 사고 뒤 나를 혼자 키우기 위해 시 대신 돈이 되는 글을 쓰기 시작했다. 열정적으로 일한 덕에 책도 몇 권 냈다.

나는 화장실이며 베란다까지 집 안의 불이란 불은 다 켜

놓은 채 엄마와 통화했다. 엄마는 나를 혼자 두는 게 걱정된다며 함께 가자고 했지만, 기말고사를 눈앞에 두고 학교를 며칠씩이나 빠질 엄두가 나지 않았다. 게다가 담임과 벌일 실랑이도 귀찮고—엄마도 이미 담임에게 '이상한 엄마'로 찍혔다—담임이 허락해 줄지도 의문이라 집에 있겠다고 했다.

나는 야자에서 빠지고 화방에 다녀온 이야기를 했다. 엄마는 우리나라 고등학교가 너무 애들을 잡는다고 생각하는 쪽이어서 내가 가끔 땡땡이치는 것에 관대하다. 나는 오일 파스텔 사느라 비상금까지 털었다는 말끝에 슬쩍 수채화 색연필 이야기를 덧붙였다. 미대에 진학할 것도 아니면서 비싼 전문가용 도구들을 사들이는 게 미안했다. 하지만 오늘 보고 온 파버카스텔 72색이 계속 눈앞에 어른거렸다. 새로운 재료를 써 보거나 새로운 작가의 책을 읽을 때면 탐험가가 미답의 땅을 밟는 것만큼이나 설레고 흥미롭다. 내가 혼자 있는 게 딱한지 엄마는 선선히 색연필을 사 주겠다고 했다. 그러면서 애꿎은 할머니를 들먹였다.

"할머니는 이모네서 아주 사시려나 보다. 우리 없으면 못 살 것처럼 하더니."

바쁜 엄마 대신 나를 돌봐 주던 할머니는 지난 2월 캐나다로 이민 간 이모네 집에 가셨다. 이모가 늦둥이 셋째를 낳아 산후조리를 도우러 가신 거다. 할머니의 과잉 애정과 간섭에 지칠 대로 지쳐 있던 엄마와 나는 신나는 표정을 애써 감춘 채 할머니를 배웅했다.

“우리 은조 입학식에도 못 가고 어쩐다냐?”

“내가 뭐 어린앤가. 걱정 마셔.”

나는 어릴 때 엄마 대신 할머니가 학교에 오는 게 너무 싫었다. 할머니도 젊은 엄마들 틈바구니에서 힘들었을 텐데. 그땐 몰랐다.

“고등학생 되면 공부 열심히 해야 한다. 얼른얼른 대학 나와서 밥벌이를 해야 에미가 허리를 펴지.”

할머니는 고생하는 큰딸이 안쓰러워 손녀가 쑥쑥 자라길 바랐다. 할머니가 출국장으로 들어가자 해방이다 싶었는데 다섯 달 가까이 떨어져 있으니 잔소리마저 그리웠다.

입학식을 할 때까지만 해도 내 몸과 마음은 대한민국 고등학생에게 주어진 숙명에 충성을 다할 각오로 충만했다. 그때까지 학교 수업 시간 외에 한 번도 공부해 본 적이 없던 나는, 밤 10시까지 한다는 야간 자율 학습마저도 은근히 기대되었다. 아침 8시부터 밤 10시까지 학문에 열중한다니, 얼마나 멋진 일인가.

하지만 1학기를 채우기도 전에 나는 학교에 대한 모든 감흥을 잃어버렸다. 아이들을 괴롭히느라 일부러 만들어 놓은 것 같은 자잘한 규칙들은 성가시고 답답했으며 교과서와 기출 문제에서 맴도는 선생님들의 수업은 파리똥을 세는 것만큼이나 지루했다. 함께 급식을 먹거나 화장실에 갈 친구 정도는 있었지만, 그 애들에게조차 나는 '이상한 애'였다. 아무에게도 이해받지 못한 채 하루하루 견뎌야 하는 건 서러운 일이었다. 날마다 눈부셔야 할 열일곱 살에게는 더더구나.

교복을 갈아입은 뒤 나는 오늘 사 온 종이와 오일 파스텔을 꺼냈다. 화방에서 종이의 결을 느껴 보고, 시험해 보고, 온갖 미술 도구들을 구경하는 시간은 꿈결처럼 빠르게 흘러갔다. 나는 그렇게 그때그때 하고 싶은 걸 하며 살고 싶다. 순간마다 살아 있음을 느끼며 그게 행복임을 실감하고 싶다. 그런데 어른들은 어째서 무엇이 되기 위해 사는 삶에만 박수를 보내는지 모르겠다.

내가 투덜거렸을 때 엄마가 말해 주었다.

"그건 사람들이 오늘보다 내일에 가치를 두고 살아야 한다고 생각하기 때문이지. 하지만 내일은 오늘이 있어야 오는 거잖아. 엄마는 오늘이 살아 있는 사람이 누릴 수 있는 특권이라고 생각해. 그러니 오늘을 행복하게 살아야 하는 건 우리 의무야."

"그렇지? 역시 내 엄마!!"

이모와 할머니는 그런 우리를 두고 대책 없는 모녀라며 혀를 차곤 했다.

나는 새로 산 오일 파스텔로 그림을 그리기 시작했다. 어렸을 때 쓰던 크레파스와 비슷한데 재질이 훨씬 부드럽고 민감했다. 수채화처럼 투명하고 섬세한 표현은 할 수 없지만 오일 파스텔이 지나간 자리에서 시간이든 감정이든 더께가 느껴지는 것 같아 좋았다. 날날이 설명할 수 없는 뭉텅이진 감정을 표현하기에 그만이었다.

완성한 그림은 곧바로 스캔했다. 블로그에 올리기 위해서다. 그 누구의 평가보다 블로그 친구들의 평가가 더 떨리고 기대됐다. 촉수를 뻗어 자신과 비슷한 애들을 감지해 알음알음 이웃이 된 우리는 비밀 결사 조직원들처럼 은밀하고도 끈끈한 우정을 나누고 있다. 때로는 찌질이나 오타쿠라고 비웃음을 당하기도 하지만 말이다. 우리들의 사이가 언제나 좋은 것만은 아니다. 시비가 붙기도 하고, 오해가 일어나 싸우기도 하고, 홧김에 블로그를 아예 닫아 버리기도 한다. 그래도 우리는 나름의 질서와 예의로 서로 소통하며 우리가 만든 세계를 꾸려 나가고 있다. 어찌 보면 학교에서보다 블로그에서의 내가 내 본질에 더 가까울지도 모르겠다.

요즘 내 닉네임은 '나무 위의 은새'이다. 얼마 전에 읽었던 이탈로 칼비노의 소설 『나무 위의 남작』에 반했기 때문이다. 열두 살 때 권위적인 아버지에게 반발해 나무로 올라간 뒤 평생 나무 위에서 살아가는 주인공 코지모는 단번에 내 영웅이 되었다. 언젠가는 나 또한 나무 위의 은조가 되리라.

내 또 다른 집인 블로그에 들어가자 혼자 있는 무서움이 사라졌다. 그림을 올리고 나서 어젯밤 올린 포스팅에 달린 댓글들과 안부 게시판에 올라온 글들에 답글을 썼다. 내 리뷰를 보고 『나무 위의 남작』을 읽었다는 로테의 댓글을 보자 공유에 대한 기쁨과 아픔이 동시에 아랫배를 스쳤다. 오일 파스텔로 그린 내 그림을 보고 라니도 그런 생각을 할지 모른다.

답글을 모두 쓴 다음 나는 블루윈드의 블로그부터 갔다. 역사와 복식사에 관심이 많은 블루윈드의 블로그에는 어떻게 찾아내는지 온갖 자료들이 날마다 새롭게 올라온다. 요즘 블루윈드는 로코코 양식에 푹 빠져 있다. 로코코 시대의 의상, 음악, 건축 등에 대해 알아 가는 재미도 쏠쏠하다.

블루윈드의 블로그에는 기대한 대로 새 포스팅이 올라와 있었다. 무심코 첫 문장을 읽은 나는 온몸이 굳은 듯 꼼짝도 할 수 없었다.

미네르바 님이 이제 세상에 없다고 한다.

미네르바가 세상에 없다고? 이게 뭐지? 그래, 미네르바는 로마 신화에 나오는 지혜의 여신인데 세상에 있으면 이상하지. 그런데 왜 이렇게 가슴이 뛰는지 모르겠다. 혹시? 아니야! 나는 떠오른 생각 하나를 외면한 채 다음 줄을 읽기 시작했다.

벌써 화장까지 마쳤단다. 학교 친구들도 나중에 알아서 한 명도 장례식에 참석하지 못했다고 한다. 미네르바 님 학교 친구 싸이에서 본 글이다. 친구 하나 없이 가는 길이 얼마나 쓸쓸하고 외로웠을까. 생각만 해도 가슴이 미어진다. 며칠 전 '사랑해요, 안녕'이라는 상태 메시지를 봤을 때는 시험 기간 동안 잠수 탄다는 단순한 인사인 줄로만 알았다. 뉴스에서나 나오는 일인 줄 알았는데 이런 일이 생기다니. 블로그가 언제까지 살아 있을지 몰라 지금까지 정신없이 미네르바 님의 블로그에서 포스팅들을 퍼다 날랐다. 그런데 다시 가니 블로그 자체가 없어졌다. 사이트 측에서 한 짓인지 가족들이 그런 건지 모르겠지만 내가 알던 사람 하나가 이렇게 아무런 흔적도 남기지 않고 사라졌다니 믿을 수가 없다.

혹시나 했던 생각이 맞았다. 심장 뛰는 소리가 퍽퍽, 귓가에 들렸다. 몸이 와들와들 떨리기 시작했다. 나는 우유를 뜨겁게 데워 핫초코를 만들었다. 손이 떨려 코코아 가루를 싱크대 위에 쏟았다. 뜨겁고 달콤한 차를 몇 모금 마셔 가슴을 진정시킨 뒤에야 다시 블루윈드의 블로그를 볼 수 있었다. 새로 만들어진 카테고리에 미네르바가 살아 있었던 어느 날의 기록이 담겨 있었다.

헤세의 작품을 읽고 나면 가슴 가득 벅차오르는 감정을 주체할 수 없어 그대로 화석이 되고 싶은 기분이 들곤 한다. 『크눌프』를 덮을 때도 그랬다. 자유로운 영혼으로 온전히 자신의 삶을 살았던 크눌프가 부럽다. 크눌프적 삶을 꿈꾸나 비루한 일상에서 벗어나지 못하는 내가 싫다.

작가는 자신을 매혹시키는 것을 묘사하는 자라고 생각해. 크눌프와 같은 인물들은 나에겐 매우 매혹적이네. 그들은 〈유용하지는〉 않지만 많은 유용한 사람들처럼 해를 끼치지는 않지. 그들을 심판하는 것은 나의 일이 아닐세. 오히려 나는 이렇게 생각하네. 크눌프와 같이 재능 있고 생명력 충만한 사람들이 우리의 세계 안에서 자리를 찾지 못한다면 이 세계는 크눌프와 마찬가지로 그에 대한 책임이 있다고.

— 헤르만 헤세가 보낸 편지 중에서*

미네르바의 글과 그 애가 옮겨 놓은 글이 한 자, 한 자 화살처럼 날아와 가슴에 박혔다.

미네르바와 나는 블루윈드의 블로그를 통해 알게 된 사이로 그다지 가까운 편은 아니었다. 나와 책 읽는 취향도 다르고, 자기가 다니는 외고에 대한 푸념을 자주 늘어놓는 게 자랑이나 어리광 같아 별로 마음에 들지 않았다.

아빠에게 들켰다며 두 번이나 블로그 주소를 옮긴 것도 그 애와 가까워지지 못한 이유 중 하나였다. 부모가 무서워 블로그도 제 맘대로 못 하는 찌질이라고 내심 무시해 온 미네르바가 나와 같은 고민을 하고 있었다니. 나는 후들거리는 손으로 스크롤을 내렸다. 댓글들이 모두 마음을 담은 목소리가 되어 귓전을 울렸다.

- 아직도 믿을 수가 없습니다. 명복을 빌어요.
- 미네르바 님은 지금쯤 하늘 나라에서 행복할 거예요. 나중에 우리가 갈게요.
- 보고 싶다, 미네르바!
- 나쁜 년, 이런 법이 어딨어? 다시 우리 곁으로 와. 빨리 와!!!
- 혜림아, 사랑해. 니 예쁜 모습 영원히 기억할게.
- 사랑해요, 미네르바 님. 편히 쉬세요.
- 못된 지지배. 거기 좋냐? 그렇게 좋은 데 저 혼자 가고… 나빠!
- 미워요, 미네르바 님. 우리는 어떻게 하라구요.
- 혜림아, 진짜진짜 사랑해! 그리고 지켜 주지 못해서 미안해.

다 읽지 못하고 눈물이 책상 위로 투두둑 떨어졌다.

결정

꿈속에서 나는 크눌프의 연인 헨리에테가 되기도 하고 리

자베트가 되기도 했다. 그러다 크눌프의 옆에 있는 미네르바를 보고는 질투에 눈이 멀었다. 미네르바가 죽었다. 나는 연적이 사라졌다고 좋아했다. 그러자 미네르바의 죽음이 내 책임인 양 죄책감이 몰려왔다. 꿈에서 깨어나고 싶었다. 내 마음을 알기라도 한 것처럼 꿈을 깨우는 전화벨이 울렸다. 나는 반가운 마음으로 잠에서 깼다.

"너 어떻게 된 거야? 어디 아파? 학교는 왜 안 갔어?"

다급한 엄마 목소리에 눈을 뜨자 환한 햇살이 눈시울을 찔렀다. 다시 눈을 감았다가 간신히 한쪽 눈만 떠 시계를 보았다. 11시였다. 나는 깜짝 놀라 벌떡 일어났다. 지난밤, 우리는 각자 메신저 창을 몇 개씩 띄워 놓고 미네르바에 얽힌 소식들을 주고받으며 불면의 밤을 보냈다.

새벽에 나는 아직 읽지 못했던 헤르만 헤세의 『크눌프』를 책장에서 찾아냈다. 그리고 사막이 빗물을 받아들이듯 허겁지겁 책을 읽기 시작했다. 한 문장, 한 문장이 크눌프가 되어 휘적휘적 내 가슴속으로 들어왔다.

난 오직 네 모습 그대로의 널 필요로 했었다. 나를 대신하여 넌 방랑하였고, 안주하여 사는 자들에게 늘 자유에 대한 그리움을 조금씩 일깨워 주어야만 했다. 나를 대신하여 너는 어리석은 일을 하였고 조롱받았다. 네 안에서 바로 내가 조롱을 받았고 또 네 안에서 내가 사랑을 받은 것이다. 그러므로 너는 나의 자녀요, 형제요, 나의 일부이다. 네가 어떤 것을 누리든, 어떤 일로 고통받든 내가 항상 너와 함께 했었다.**

내 안으로 들어온 크눌프는 내 심장을, 영혼을 두드리기 시작했다. 그리고 밖이 훤해질 무렵, 잠들고 싶다는 바람이 다른 어떤 의지보다도 강렬했던 마지막의 크눌프처럼 온몸이 잠덩어리가 되어 침대에 엎어졌다.

"알람을 안 맞춰 놓고 자서 못 일어났어."

목이 잔뜩 잠겨 말이 제대로 나오지 않았다.

"정말 그뿐이야? 어디 아픈 건 아니고?"

엄마 목소리에 걱정이 가득했다. 미네르바 이야기는 하고 싶지 않았다. 하더라도 좀 더 시간이 지난 뒤에 하고 싶었다.

"책 읽다 새벽에 잠들었어."

"엄마가 없으면 더 신경을 써야지. 선생님이 너랑 연락되면 오후에라도 학교 오라고 하시더라."

"담임이랑 통화했어? 샘이 뭐래? 엄마는 뭐라고 했어?"

어제 야자 빠질 때 아빠 제사라고 거짓말한 게 엄마에게 너무 미안했다. 한 번도 본 적 없는 미네르바의 죽음도 이렇게 충격인데, 엄마에게는 세상이 무너지는 것 같았을 아빠의 죽음을 야자 빼먹는 핑곗거리로 써먹다니.

"출장 중이라 잘 모르겠으니 알아보고 전화한다고 했어."

"엄마, 놀랐지? 정말 미안해, 엄마."

나는 진심으로 사과했다.

"아무 일 없으면 됐으니까 얼른 학교나 가. 결석보단 지각이 나으니까."

"엄마, 나 학교 그만두면 안 돼?"

나도 모르게 불쑥 나온 말이었다. 잠시 침묵이 흘렀다.

"엄마 일 빨리 끝내고 내일 갈게. 집에 가서 얘기하자."

엄마가 말했다.

"정 여기 학교가 싫으면 캐나다로 갈래? 미현이 다니는 학교 괜찮다는데."

엄마가 내 표정을 살피며 물었다. 미현이는 이모 딸이다.

"일단 그냥 있을래."

도망치듯 캐나다로 가고 싶지는 않았다. 캐나다에 갈 이유가 있을 때 가고 싶었다.

"그냥 뭐 하면서 있으려고?"

엄마 목소리가 조금 높아졌다.

"천천히 생각해 볼게. 엄마, 나한테 일 년만 시간을 줘. 어떻게 살아야 할지 고민해 보고 싶어."

솔직히 나는 엄마가 단번에 그러라고 할 줄 알았다. 그동안 학교의 문제점을 충분히 공감하고 이해했으며, 박제된 지식보다 학교 밖의 산지식이 더 소중하다고 부추기기까지 했으니 말이다. 그런데 엄마가 지금까지의 엄마와는 전혀 다른 말을 했다.

"확실한 계획이나 목표가 있는 것도 아니고 그냥 놀겠다니까 솔직히 좀 당황스러워. 엄마는 네가 그냥 남들처럼 고등학교에 다녔으면 좋겠어. 좋은 덴 아니더라도 대학에 가서 하고 싶은 공부 하고, 어학연수도 가고, 배낭여행도 하고, 알바도 하고, 연애도 하고, 일도 하고, 결혼도 하고……. 그렇게 남들처럼 살았으면 좋겠어."

엄마가 내게 허용했던 개성과 자유도 결국 '남들처럼'이란 울타리 안에서였다. 실망스러운 마음으로 엄마를 바라보았다. 그런데 엄마의 눈가에 전에는 미처 보지 못한 잔주름이 자글자글했고 그 위로 짙은 피로감이 배어 있었다. 흰머리도 보였다. 하룻밤 새 몇 년은 더 늙은 것 같았다. 내 말이 가져다준 충격 때문인가, 아니면 그동안 모르고 있었던 걸까? 나는 나도 모르게 그러겠다고, 엄마 말대로 하겠다고 할 뻔했다.

나는 힘겹게 입을 열었다.

"엄마, 나도 남들이 하는 대로 대학을 위해 모든 걸 유예하면서 살고 싶어. 그치만 그게 죽기보다 힘든 걸 어떻게 해? 하루 종일 의미 있는 대화라고는 한마디도 못 할 때가 많아. 난 처음엔 이상한 애로 불리는 게 좋았어. 평범한 게 싫으니까. 하지만 이젠 아니야. 내가 이상한 게 아니야. 학교가, 순순히 따르는 애들이 이상한 거야. 그런데 왜 내가 이상한 애, 골칫덩이 취급을 받아야 해? 엄마가 그랬잖아. 오늘은 산 사람이 누릴 수 있는 특권이라고. 행복한 건 우리 의무라고. 엄마, 난 대학을 위해서가 아니라 지금 이 순간순간을 내 걸로 만들며 살고 싶어."

비록 충동처럼 나온 말이었지만 지난 하루 동안 머리가 아프게 생각한 끝에 얻은 결론이었다. 나는 엄마가 말로 표현하지 않은 내 마음속까지도 모두 알아줄 줄 알았다. 그런데 아니었다.

"엄마가 아무래도 널 잘못 키운 것 같다. 다른 애들은 바보라서 참고 있는 게 아니야. 학생이라면 다 그렇게 사니까 힘들어도 참는 거야. 그게 의미 없는 짓이라고 할 수는 없는 거라고. 그리고 다른 애들이 다 참는 일을 못 참는 건 너한테도 문제가 있는 거야. 이 세상에 하고 싶은 것만 하면서 사는 사람이 있는 줄 알아? 엄마도 돈 버는 글 그만 쓰고 시만 쓰고 싶어."

엄마가 화를 내며 말했다.

나는 당황스러웠다. 언제나 내 편인 줄 알았던 엄마가 나를 설득하는 게 아니라 강압적이고 폭력적인 방법으로 말하고 있었다. 나도 화가 났고 슬프기까지 했다. 하지만 참고 말했다.

"엄마한텐 정말 미안한데, 그래서 견뎌 보려고 했는데. 엄마, 난 이제 겨우 열일곱 살이야. 난 하고 싶은 게 너무 많아. 그림도 그리고 싶고 글도 쓰고 싶어. 철학자가 되고 싶기도 하고, 역사학자가 되고 싶을 때도 있어. 앞으로 무얼 해야 할지 그 길을 찾아야 할 때잖아. 그런데 학교에선 공부 말고는 아무것도 하지 말래. 나는 그렇게 교과서나 암기하면서 시간을 보낼 수는 없어. 엄마, 이걸 방황이라 불러도 좋고 치기라고 해도 좋아. 나중에 후회하더라도 당장은 이 나이에 할 수 있는 일들, 아니, 해야 할 일들을 해 보고 싶어. 학교가 못 하게 하니까 나 혼자서라도 해 보고 싶다고!"

말끝에 울음이 터져 나왔다. 한번 울기 시작하자 그 많은 눈물이 내 안에 담겨 있다는 게 놀라울 만큼 끝도 없이 흘러내렸다. 엄마는 말없이 일어나 우는 나를 남겨 두고 방으로 들어갔다. 방문 닫히는 소리가 세상이 닫히는 소리 같았다.

나는 당장 학교로 달려가 자퇴 원서를 내리라고 결심했다. 하지만 엄마의 지지 없이 뭔가 하는 게 이렇게 무섭고 막막한 일인 줄 처음 알았다. 나는 며칠이 지나도록 담임에게 자퇴의 '자' 자도 꺼내지 못한 채 영혼이 빠진 내 몸을 집에서 학교로, 학교에서 집으로 실어 날랐다.

일주일이 지났을 때 엄마가 퀭한 얼굴로 나를 불렀다. 엄마는 갈라지는 목소리를 따뜻한 차로 가다듬으며 말을 이어 나갔다.

"네 존재를 행복이라고 여기면서도 엄만 널 키우는 걸 책임이나 의무로 생각했나 봐. 그래서 얼른 뒷바라지를 마쳐야 한다는 강박에 사로잡혀 있었던 것 같아. 내 의무를 마치는 시기가 미뤄질까 봐 네가 지금 하는 고민이 당연하고 의미 있다는 걸 인정하고 싶지 않았어. 네가 원하는 대로 일 년 동안 시간을 줄게. 그다음 다시 학교로 돌아가든, 검정고시를 치든, 유학을 가든 결정하기로 하자. 네 아빠 죽고 나서 십사 년이 이렇게 눈 깜짝할 새 지나간 걸 보면 일 년은 더 잠깐일 거야. 그럴 거야."

엄마는 자신에게 말하는 듯했다. 나는 벅차오르는 감정을 이기지 못한 채 엄마를 와락 껴안았다. 엄마를 안고서, 엄마 가슴에 얼굴을 묻을 수도 없게 자란 만큼 앞으로는 엄마에게 힘이 되리라 결심했다.

다음 날 나는 엄마와 학교에 갔고, 엄마가 선생님과 이야기하는 동안 교실에 가서 아이들과 인사를 나누고 책상과 사물함을 정리했다. 체육복과 그 밖의 것들을 필요하다는 아이들한테 주었다. 어쩐지 그 아이들과 나 사이에 더는 같은 학생이 아니라는 인식의 금이 죽 그어지는 것 같았다. 금 저편의 아이들이 부럽지는 않았지만 홀로 남겨진 듯 서늘한 기분이 들었다.

"어머니는 먼저 가셨다. 기어이 사고를 치는구나, 나은조."

교무실로 가자 담임이 내가 서명해야 하는 서류를 내밀며 말했다. 더는 영향력을 미칠 수 없게 된 학생에 대해 시원섭

섭함이 담긴 목소리였다.

"골칫덩이 한 명 줄어서 좋으시죠?"

선생님 마음이 읽히자 농담할 여유가 생겼다.

"선생 할 맛도 그만큼 덜 나겠지. 그동안 서운한 게 있었더라도 다 너를 위해서 그런 거려니 생각하고 풀어. 그리고 의논할 거 있으면 언제든지 연락하고."

담임이 내 어깨를 두드렸다. 그 순간 눈물이 핑 돌았다. 가장의 짐을 진 중년 남자가 웃는 눈으로 나를 바라보았다. 좋게 지낼 수도 있었을 텐데 나는 왜 담임을 미워하고 싫어하기만 했는지, 살짝 아쉬운 마음이 들었다. 그때 국어 선생님이 다가와 무언가를 건네주었다.

"예고도 없이 무슨 일이야? 수행평가 가져가. 이제 네 글을 못 본다고 생각하니까 서운하다. 그동안 네 과제 읽는 재미가 있었는데."

종이를 받아들고 보니 예상대로 만점이었다. 그 아래 선생님의 글이 씌어 있었다.

너 같은 학생을 학교에서 내보내야 하는 현실이 안타깝고 자괴감이 든다. 분명히 넌 학교 밖에서도 잘할 거라고 확신해. 앞으로는 더 행복하게 너의 길을 가길 바란다.

마지막으로 그 일을 실천할 차례였다. 화장실로 간 나는 교복을 벗고 사복으로 갈아입었다. 앞으로 다시는 교복을 입을 일이 없을 것 같아 꼭 이렇게 해 보고 싶었다. 화장실에서 나오던 난주가 나를 힐끗 쳐다보았다. 나는 그 애를 보고 씩 웃어 주었다. 난주는, '이건 또 무슨 짓?' 하는 얼굴로 피식 웃었다. 나는 벗은 교복을 그 애에게 주었다.

"입던 거 줘서 좀 그런데 한 벌 더 있으면 편하잖아. 내 건 안 줄였으니까 교복 검사 하는 날 입어라."

난주를 보고 갈 수 있어서 좋았다.

학교 건물을 나오자 운동장 저편으로 교문이 보였다. 나는 교문 밖을 향해 가벼운 걸음을 떼어 놓았다.

바다 위의 집

로그인하는 순간 나는 내 눈을 의심했다. 포스팅이 업데이트된 이웃 블로그 목록에 미네르바의 블로그 이름이 올라와 있었다. 죽은 사람이 앞에 서 있는 양 심장이 벌렁벌렁 뛰었다. 클릭하는 내 손도 마구 떨렸다. 틀림없었다. 미네르바의 블로그가 그대로 되살아나 있었다! 새 포스팅이 눈에 들어왔다. 내 눈이 허겁지겁 그 내용을 읽기 시작했다.

혜림아, 네가 너무 보고 싶어서 왔어.

여기서야 진정한 너를 만날 수 있다니. 미안해, 혜림아.

이곳이 네게 어떤 곳이었는지 엄만 몰랐어.

이 세상에서 널 제일 사랑하면서 아무것도 몰랐어.

사랑하는 우리 딸, 심장이 오그라들 만큼 네가 보고 싶다.

나도 미네르바가 보고 싶었다. 좀 더 일찍 친해졌더라면 함께 마음을 나누며 힘든 날을 견딜 수 있었을 텐데. 아무리 긴 터널도 끝은 있는 법이라며 서로를 격려해 줄 수 있었을 텐데. 그럴 시간도 없이 미네르바는 떠났다. 나는 이제 와서 가슴을 치며 후회하는 미네르바 엄마에게 분노가 치밀었다. 손이 키보드 위에서 움직이기 시작했다. 그의 부모에게, 세상을 향해 내지르는 미네르바의 비명이었다.

좀 기다려 주면 안 돼? 우리들이 바다 위의 집을 떠돌다 자신의 항구를 찾아 닻을 내릴 때까지 좀 봐주고 기다려 주면 안 되냐고!

미안하다고? 사랑한다고?

이제 그따위 말 다 소용없어! 그런 말은 죽기 전에, 살아 있을 때 필요한 말들이었다고!

ㅆㅂ… 너무 늦었어!

---

* 헤르만 헤세 글, 이노은 옮김, 『크눌프』(민음사, 2020), 141쪽.

** 헤르만 헤세 글, 이노은 옮김, 『크눌프』(민음사, 2020), 134쪽.

초록빛 말

새벽의 꿈

깊은 물속까지 쏟아져 들어온 햇살로 퇴락한 집들과 제법 둥치가 굵은 나무들, 길까지 짙은 에메랄드빛으로 보였다. 서 있는 게 처음에는 나무 중 하나인 줄 알았다. 수초처럼 하늘거리는 건 바람에 살랑이는 나뭇가지 같았다. 그런데 나무가 아니라 혜림이였다. 하늘거리는 긴 머리카락 사이로 물고기들이 드나드는데도 그 애는 나무처럼 서 있었다. 내가 가까이 가도 혜림이는 무표정한 얼굴로 물속에 뿌리를 박은 듯 미동도 하지 않았다. 무서워 비명을 지르고 싶었지만 누가 목구멍을 막은 듯 소리가 나오지 않았다. 안간힘을 쓰다 문득 '아, 이건 꿈이야. 깨어나면 돼.'라는 생각을 했고, 눈을 떴다.

온몸이 물속에 들어갔다 나온 것처럼 젖어 있었다. 침대가 축축할 만큼 흐른 땀이 무서운 꿈 때문인지 우기인 필리핀의 습한 날씨 때문인지 알 수 없었다. 나는 꿈에서 깬 것에 안도하며 옆 침대를 돌아다보았다. 같은 어학연수생인 경아가 눈에 들어왔다. 두 번째 어학연수라서 그런지, 중3짜리가 고1인 나보다 회화를 더 잘했다. 그런 경아 때문에 은근히 스트레스를 받는 중이다. 나는 어디서든 무엇이든 가장 잘하는 애가 되고 싶었다.

시간을 보니 막 5시가 지나고 있었다. 학원 수업이 없는 토요일이니 좀 더 자도 되지만 깬 김에 영어 시디를 들으려고 일어났다. 문법은 누구한테도 지지 않을 자신이 있는데 도대체 귀가 뚫리지 않았다. 들리지 않으니 말하는 것도 자신이 없었다. 꿈 때문인지 시디 내용이 귀에 들어오지 않았다. 내가 필리핀에 올 수 있었던 건 혜림이를 나와 가장 친한 친구라고 생각한 엄마 아빠의 착각 덕분이다. 내 일생에 다시는 없을지도 모르는 소중한 기회인데 1분, 1초도 허비

할 수 없다. 전체 4주 중 벌써 3주가 흘러가 버렸다.

나는 정신을 차리기 위해 세수를 하려고 화장실로 갔다. 창문으로 아래층 주방 옆에 딸린 메이드 방에서 나오는 재스민이 보였다. 메이드 중 가장 부지런하다더니 이 시간에 벌써 일어나는 모양이다. 그런데 큰 가방을 가슴에 끌어안고 있는 게 이상했다. 그뿐 아니라 주변을 둘러보며 발끝으로 걷고 있었다. 잠이 덜 깨 멍하던 머릿속이 순간 환해졌다. 가방 안에 무엇이 들어 있을지 뻔했다. 내 전자사전이다!

재스민이 우리 방을 청소하고 나서 내 전자사전이 없어졌는데도 홈스테이 주인아주머니는 그를 감싸고돌았다. 그 때문에 나만 괜히 남을 의심하고 뒷담화하는 아이로 찍혔다. 덜미를 잡아 억울한 누명을 벗을 좋은 기회였다. 홈스테이에는 메이드가 세 명 있는데 재스민만 휴일도 없이 일했다. 재스민한테 그 이유를 듣긴 했지만 사실 제대로 이해하지 못했다. 메이드보다 영어를 못하는 게 자존심 상해 알아들은 척했을 뿐이다. 나중에 주인아주머니 말을 들으니 집이 멀어서 자주 못 간다는 것 같았다.

아무튼 그런 재스민이 새벽에 몰래 집을 나서는 걸 보니 누군가를 만나 가방을 전해 줄 모양이다. 가방 속에는 내 전자사전뿐 아니라, 그동안 없어진 다른 아이들의 브랜드 양말이나 샤프펜슬 같은 학용품들이 잔뜩 들어 있을지 모른다. 메이드들에게는 다 귀한 것들일 테니까. 나는 범죄 현장이라도 목격한 것처럼 흥분돼 디지털카메라와 지갑을 바지 주머니에 넣고 방을 나섰다. 카메라는 현장을 담기 위해서이고, 지갑은 전자사전이 없어진 뒤 잠깐 움직일 때도 챙겨 들고 다니는 습관이 붙어서였다.

필리핀으로 어학연수를 오기 전, 정보를 얻으려 드나들던 커뮤니티 사이트에서 메이드들의 도벽에 관한 경험담을 읽었다. 그 글들을 읽을 때는 자기 물건 하나도 제대로 지키지 못하는 바보들이라고 비웃었다. 그런데 내가 당할 줄이야. 하지만 나는 실수나 피해로 남들에게 본보기가 되고 싶지는 않다. 기필코 재스민이 범인임을 밝혀 성공담을 기록하는 사람이 될 것이다.

나는 재스민의 뒤를 밟았다. 골목엔 붉고 흰 부겐빌레아가 담장마다 흐드러지게 피어나 있었다. 재스민은 도둑질한 주제에 주변을 살펴보거나 뒤를 돌아보는 법도 없이 총총걸음으로 걸었다. 가끔 조깅을 하는 외국인이 눈에 띌 뿐 길에는 사람이 거의 없었다.

내가 어학연수를 온 곳은 앙헬레스다. 솔직히 기왕 오는 거 필리핀 수도인 마닐라나 유명한 관광지인 세부 같은 곳으로 오고 싶었다. 문화 체험도 함께 하는 영어 캠프에서 영어는 물론 골프나 승마도 배우고 싶고 스킨스쿠버도 해 보고 싶었다. 하지만 엄마 지인이 소개해 준 홈스테이에 머물며 근처에 있는 학원에 다니는 것만으로도 감지덕지해야 하는 게 우리 집 형편이었다.

사실 나는 여기 생활이 썩 만족스러웠다. 메이드들이 요리와 청소는 물론 속옷까지 빨아서 다려 주니 공주라도 된 것 같았다. 세 자매가 아침마다 짝 맞는 양말 찾기 쟁탈전을 벌여야 하는 우리 집에서는 꿈도 꾸지 못한 일이었다. 혜림이네 집에 갈 때마다 아랫배가 아플 정도로 부러웠던 건 너른 집이나 호화로운 살림살이보다 그 집에 있는 가사도우미였다.

홈스테이에는 나처럼 여름 방학을 맞아 어학연수 온 학생들이 20명 가까이 있었다. 모두 초등학생과 중학생으로 고등학생은 나뿐이었다. 덥고 습한 날씨는 물론, 한식이긴 하지만 묘하게 다른 맛을 내는 음식과 낯선 환경에 아이들 대부분은 향수병에 시달렸다. 하지만 나는 내가 재래시장 반찬 가게 딸임을 잊게 해 주는 이곳 생활이 끝나 가는 게 아쉽기만 했다. 물론 다른 아이들은 내가 그럴듯한 마트 집 딸인 줄 알지만 말이다.

나는 공주처럼 행동하는 게 어색하지 않았다. 원래부터 공주였던 것처럼 자연스러웠다. 다른 애들은 메이드들을 필리핀 말로 언니라는 뜻인 '아떼'라고 불렀지만 나는 이름을 불렀다. 공주는 아무리 자기보다 나이가 많아도 시녀를 언니라고 부르지 않는다. 메이드들에게 이것저것 지시하는 일도 어렵지 않았다. 아이들도 내가 공주의 피를 타고났음을 인정하는지 메이드에게 불만이 있으면 주인아주머니 대신 내게 와 일렀다. 다른 아이들이 쭈뼛거리며 부탁하면 모르는 척 무시하는 메이드들도 위엄이 서려 있는 내 말에는 꼼짝하지 못했다. 이런 내가 시장판의 반찬 가게 딸로 태어난 건 정말 불공평한 일이다. 자기네 집보다 우리 집이 더 좋다던 혜림이와 바뀌어 태어난 게 분명했다.

그런데 왜 자꾸 혜림이가 떠오르는 걸까? 나는 혜림이를 생각하는 게 싫다. 아무래도 꿈 탓인 것 같다. 꿈꾼 것도 기분 나쁘다. 내가 뭘 어쨌다고 꿈에 나타난 거야.

재스민의 걸음은 빨랐다. 원래 바지런하고 꾀를 부리지 않아 주인아주머니의 신임을 듬뿍 받고 있다고 했다. 그래서인지 다른 메이드들에 비해 좀 거만했다. 내가 부를 때 가장 늦게 오는 메이드는 재스민이다. 이제 그 가면 뒤에 감춰진 정체를 밝혀내리라. 불끈 쥔 주먹에 힘이 들어갔다.

이름 때문에 재스민이 예쁘다고 상상할지 모르겠지만 천만의 말씀이다. 재스민은 얼굴이 넙데데하고 거무튀튀한 데다 코도 납작하다. 아, 쌍꺼풀진 눈이 크고 괜찮다는 건 인정하겠다. 어쨌거나 재스민이 영어를 곧잘 하는 것도 눈꼴시지만, 자기네끼리 타갈로그어로 떠들면 내 흉을 보는 것 같아 기분이 나빴다.

재스민은 큰길로 나갔다. 우리가 다니는 어학원이 있는 길이라 눈에 익었다. 가방을 받아 갈 사람이 큰길까지 오려나 보지. 재스민이 찻길을 건넜다. 나는 주머니 속의 카메라를 움켜쥐고 허둥지둥 쫓아갔다. 달리는 낡은 버스며 지프니들이 뿜어 대는 매연으로 안개 낀 것처럼 잔뜩 흐렸다.

한참 걸은 끝에 재스민이 도착한 곳은 버스 터미널이었다. 재스민이 막 떠나려는 버스에 올라탔다. 예상치 못한 일이어서 당황스러웠다. 집으로 돌아갈 일도 막막했다. 큰길까지 가면 집을 찾아갈 수 있지만, 큰길에서부터 거쳐 온 작은 도로 몇 개와 골목길을 제대로 찾아갈 자신이 없었다. 재스민의 뒤를 쫓는 데 급급해서 지나온 길들이 하나도 생각나지 않았다.

나는 머리를 평소보다 빠르게 회전시켰다. 주인아주머니에게 신임을 받는 재스민이 이렇게 도망가지는 않을 거다. 어느 지점에서 가방만 전해 주고, 아침 식사 전에 돌아가 시치미를 떼고 식탁을 차릴 게 분명했다. 어쩌면 메이드들끼리 공조하고 있을지도 모른다. 그러니 재스민의 가증스러운 행각을 카메라에 담은 다음, 범인을 잡은 형사처럼 당당하게 집으로 돌아가면 된다.

나는 심호흡을 한 뒤 버스를 탔다. 안으로 들어간 재스민에게 들키지 않고, 놓치지 않기 위해 버스 출입문 근처 좌석에 앉았다. 필리피노들로 가득한 버스 안으로 들어갈 용기가 나지 않았던 것도 맞는다.

버스가 출발하자 차장인 듯한 남자가 내게 다가와 타갈로그어로 무슨 말인가를 했다. 눈치를 보니 차비를 달라는 것 같았다. 나는 영어로 얼마냐고 물었다. 차장은 필리핀 억양이 강한 영어로 180페소라고 했다. 180페소면 4천 원 정도로 필리핀에서는 꽤 큰돈이다. 그건 버스가 그만큼 멀리 간다는 뜻이다. 나는 그제야 덜컥 겁이 나 버스 앞에 붙은 표지판을 살펴보았다. 필리핀 글자 옆에 영어로 마닐라라고 씌어 있었다. 재스민네 집은 먼 시골 어디라고 했으니 집에 가는 건 아닌 듯싶었다. 아마 가방을 전해 줄 누군가가 마닐라에 사는 모양이다.

아주 조직적이잖아. 그동안 이런 방식으로 얼마나 빼돌렸을까? 어쩌면 가방 속에는 주인아주머니가 믿고 맡긴 주방에서 슬쩍한 물건들도 들어 있을지 모른다. 이런 줄도 모르고 재스민을 순진하고 성실한 인간으로 생각하는 주인아주머니가 불쌍했다. 나는 차비를 내고 마닐라행 버스표를 손에 쥐었다. 그러고 나니 배짱이 생겨 이참에 마닐라 구경도 해 보고 잘됐다는 생각까지 들었다.

사진을 찍어 싸이에 올리면 아이들이 부러워하겠지. 사실 잘 들어 보지도 못한 동네에서 영어 공부만 하고 가는 것보다 뭔가 더 있어 보인다. 더구나 메이드의 범죄 행각을 뒤쫓는 여행이라니. 필리핀에 어학연수 온 아이 중에 나 같은 경험을 하는 애는 없을 거다.

창밖으로 사람도 집도 허름한 풍경들이 펼쳐졌다. 넓적한

잎을 드리운 야자나무와 바나나 나무, 눈부신 부겐빌레아가 담긴 뷰파인더만 보면 근사한 휴양지 같다. 그 풍경들을 열심히 카메라에 담았으나 버스가 하도 흔들리는 통에 제대로 찍힌 사진이 없었다.

어학연수 오면서 엄마를 졸라 전부터 갖고 싶었던 전자사전과 디지털카메라를 샀다. 최신식을 원했지만 내게 주어진 선택권은 최저 가격순이었다. 인터넷을 뒤지고 뒤져 싸면서도 디자인이 예쁜 것을 샀으나, 전자사전은 재스민의 가방 속에 들어 있고 카메라는 손 떨림 방지 기능이 없어 제대로 나온 사진이 없었다. 하나같이 흔들려서 내게 수전증이 있는데 여태껏 모르고 있었나 하는 생각이 들 정도였다.

꿈 때문에 잠을 설친 데다 일찍 일어나서 그런지 긴장 속에서도 졸음이 쏟아졌다. 유리창에 머리를 박으며 자다 깨다 하는데 버스 안이 소란스러워지면서 사람들이 줄지어 내리기 시작했다. 마닐라에 다 온 모양이었다. 깜짝 놀라 돌아다보니 재스민이 뒷문으로 내리고 있었다. 나도 허둥지둥 내려 재스민을 따라갔다.

터미널을 빠져나간 재스민은 오마이갓, 지프니를 탔다. 나는 이제 다른 생각을 할 겨를도 없이 몇 사람 뒤에 있다가

지프니에 올라탔다. 버스처럼 지프니도 처음 타 보는 거였다. 지프를 개조해 만들었다는 지프니는 필리핀의 명물로, 치장이 요란했다. 지프니 안에는 승객들이 마주 보고 앉도록 긴 의자가 놓여 있었다.

나는 재스민이 앉은 편의 끝자리에 앉았다. 지프니에 탄 사람들이 차비를 옆 사람에게로 전달해 기사에게 주었다. 나는 얼마인지 몰라 10페소를 옆 사람에게 건넸다. 그 사람이 타갈로그어로 무언가 물었다. 목적지를 묻는 것일 테지만 입을 열었다간 단박에 재스민에게 들킬 것 같아 눈길을 피했다. 잔돈은 오지 않았다.

무릎을 맞댈 만큼 가까이 앉은 사람들이 나를 힐끗힐끗 바라다보았다. 그러고는 내 이야기를 하는 것 같은 분위기로 킥킥 웃으며 떠들어 댔다. 기분 나쁜 것보다 재스민에게 들킬까 봐 조마조마했다. 그리고 커뮤니티 사이트에서 지프니를 탔다가 권총 든 강도에게 시계와 지갑을 뺏겼다는 글을 본 기억이 나서 무릎이 달달 떨렸다.

뚫린 창으로 매연이 쏟아져 들어왔다. 사람들은 마스크를 쓰거나 손수건으로 입을 막고 있었다. 힐끗 보니 재스민도 손수건으로 얼굴 전체를 가리고 있었다. 그 덕분에 나를 못

보는 것 같아 매연이 고맙기는 했지만, 들숨을 자제하다 보니 가슴이 답답했다.

혜림이는 물속에서 더 답답했을 텐데. 그 앤 어떻게 참았을까? 그게 더 나았던 걸까? 혜림이 생각이 또 불쑥 끼어들었다. 사실 필리핀에 온 뒤에는 물론 그 일이 있던 직후에도 혜림이 생각을 많이 한 건 아니다. 엄마 아빠가 나를 필리핀으로 보내 준 결정적 계기가 된 그날의 일도 혜림이 때문은 아니었다.

눈물 젖은 빵

혜림이는 물에 빠져 죽었다. 사고가 아닌 자살이었다. 두 달 전, 1학기 기말고사를 앞둔 때였다. 그 이야기를 전해 준 아이는 중3 때 같은 반이었던 소정이다. 소정이는 나를 찾아와 다짜고짜 혜림이가 자살한 이유를 물었다. 나는 그 말에 발밑이 푹 꺼지는 것 같아 휘청하며 벽에 몸을 기댔다. 그리고 간신히 물었다.

"……혜림이가 자살했다고? 왜? 누가 그래?"

"너도 모르는구나. 너는 이유를 알 줄 알았는데."

소정이가 허탈한 표정으로 말했다. 나는 벽에서 전해져 오는 서늘한 기운에 오싹한 기분이 들어 몸을 떼었다. 자살이라고? 자기가 왜? 뭐가 아쉬워서? 정말 끝까지 왕재수야. 그런 생각들이 충격이 헤집어 놓은 자리를 메웠다.

"혜림이네 학교 애들 통해서 소문이 퍼졌나 봐. 너한테 어떤 내색 같은 거 안 했어?"

"나한테 왜?"

"혜림이가 너랑 제일 친했잖아."

"그건 중학교 때지. 고등학교 온 뒤론 3월 초에 통화 한 번 한 것밖에 없어."

혜림이가 고등학교에서 다시 만날 확률이 제로인 외고에 합격했을 때 나는 진심으로 기뻤다. 3월 초에 온 전화도 시큰둥하게 받았다. 그렇게 혜림이와 연락이 끊겼다. 나는 비로소 만년 2등에서 벗어난 기분이었다. 아직 시험을 보지 않았지만, 중학교 내내 혜림이에게 느꼈던 뿌리 깊은 열패감이 사라졌다. 그것만으로도 1등을 할 수 있다는 자신감이 생겼다.

"그런데 무슨 큰 저수지에 가서 자살했대. 왜 거기까지 갔을까?"

"청운호?"

나도 모르게 물었다.

그곳은 아빠와 엄마의 고향이 잠겨 있는 저수지였다. 아빠는 코딱지만 한 마루 벽에 물에 잠기기 전의 고향 마을과 잠긴 뒤의 청운호 사진들을 액자까지 만들어 죽 걸어 놓았다. 댐을 건설해서 저수지를 만드는 바람에 농사를 짓던 아빠와 엄마는 억지로 고향을 떠나야 했다. 내가 두 살 때 일이었다. 그곳이 물속으로 사라진 건 천만다행이었다. 그렇지 않았다면 나도 지금까지 그곳에서 살고 있을 테니까.

우리 집에 처음 놀러 왔던 날 혜림이는 벽에 걸린 사진들을 홀린 듯이 바라보았다.

"처음엔 맑은 날에 보면 물속이 훤히 들여다보였다니까. 까치집 얹힌 나무도 보이고, 허물어진 집터도 보이고, 길도 보이고……."

아빠는 혜림이가 저수지에 관심을 갖자 신바람이 나서 고향 이야기를 들려주었다. 골백번도 더 들은 지겨운 내용이었다. 혜림이가 계속 질문을 해 대는 덕에 아빠는 우리 눈치를 보지 않고 이야기를 했다. 그 뒤 혜림이는 우리 세 자매의 친구들 중 아빠에게 가장 환영받는 아이가 됐다.

"그 호수 속에 가면 영화처럼 새로운 세상이 펼쳐져 있을 것 같지 않아? 현실하고는 다른 세상 말이야."

혜림이는 저수지를 호수라고 했다. 마을이 물에 잠겨 실향민이 된 사람들의 애환을 네가 어떻게 알겠어. 아빠 엄마의 고향이 사라진 걸 다행으로 여기면서도 혜림이가 꿈꾸듯 말하는 호수 이야기에는 비위가 틀렸다.

혜림이 같은 애가 왜 날 좋아했는지는 지금도 미스터리이다. 같은 반이었지만 별로 어울릴 일이 없었던 혜림이를 방과 후 문예반에서 만난 건 뜻밖이었다. 논술 과외를 받을 형편이 안 되니 조금이라도 도움을 얻을까 싶어서 문예반에 든 거였다. 거기서도 우리가 금방 친해진 건 아니었다. 문예반 선생님이 시를 써 오라고 해서 나는 언니네 학교 문집에서 시 한 편을 베껴 갔다. 혜림이는 그 시가 좋다며 말을 붙여 왔다. 내가 쓴 줄 아는 게 걸리기는 했지만 혜림이를 굳이 멀리할 이유는 없었다. 혜림이와 친하게 지내고 싶어 하는 아이들은 많았다. 나는 내게 붙은 혜림이의 '베프'라는 타이틀을 묵인했다.

고수가 고수를 알아본다고 나는 혜림이에게서 우등생의

냄새를 맡았다. 나는 공부 못하고 성격 좋은 아이와는 어울리고 싶지 않았다. 그런 아이는 나를 자극하지 않는다. 좋은 대학에 가고, 높은 연봉을 주는 회사에 취직해 반찬 가게에서 벗어나는 게 내 꿈이다. 그런데 혜림이는 나를 자극하기는커녕 오히려 무기력하게 만들었다.

내가 발버둥 치거나 악다구니를 써도 얻지 못하는 것들을 혜림이는 태어나면서부터 가지고 있었다. 우리는 가게에 딸린 방 두 개짜리 집에서 엄마 아빠와 세 자매가 산다. 가게를 장만하느라 잔뜩 짊어진 대출금에 허덕이는 엄마 아빠에게 독방 타령은 배부른 투정일 뿐이다. 혜림이는 우리 다섯 식구가 사는 공간을 다 합친 크기의 방을 혼자 썼다. 침실과 공부하는 공간이 나뉜 그 방에는 화장실과 드레스 룸까지 딸려 있었다. 그런데도 그 애는 고마운 줄을 몰랐다.

혜림이는 자기 부모를 대놓고 경멸하곤 했다. 딸을 자신들을 빛내 줄 액세서리나 장식품으로 여긴다나 뭐라나. 그게 뭐가 나빠서? 경멸은 공부하겠다는 자식을 학원 한 군데 제대로 보내 주지 못하면서도 미안한 줄 모르는 우리 부모 같은 사람들이 받아야 하는 거다.

방학마다 미국으로 어학연수를 다녀오고 온갖 과외를 하

는 덕에 혜림이는 1등을 도맡아 했다. 나는 코피 터져 가며 밤을 새워 공부해도 2등일 수밖에 없었다. 우리는 2, 3학년 동안 같은 반이었다. 혜림이는 자기네 집 진수성찬을 마다하고 가뜩이나 옹색한 우리 집 밥상에 끼어들곤 했다. 배부른 자의 가난 체험이나 놀이 같아 재수 없었고, 그 애가 우리 집 반찬이 맛있다고 하면 모멸감이 느껴졌다.

준서가 아니었다면 혹시 덜 미워했을까? 혜림이를 좋아하는 준서 앞에 서면, 준서를 좋아하는 나는 혜림이를 모시는 무수리가 된 듯한 기분이 들었다. 혜림이가 죽은 뒤, 이제 혜림이는 준서 가슴속에 영원히 남겠구나, 나는 어떻게 할 도리가 없겠구나, 하는 생각에 마음이 아렸다.

나는 흐트러지려는 마음을 다잡고 기말고사 준비에 몰두했다. 혜림이 때문에 더는 흔들리고 싶지 않았다. 지필평가 한 번과 모의고사 세 번으로도 우리 반 서열은 정해지지 않았다. 상위권의 다섯 명 정도가 앞서거니 뒤서거니 각축전을 벌이는 형국이었다. 나는 확실하게 내 자리를 다져 놓은 채 1학기를 마치고 싶었다.

시험이 끝났다. 과외는커녕 단과 학원 하나 변변히 못 다니는 형편에 반 2등과 전교 9등을 했으니 만족할 만한 결과였다. 학교에서 일찍 돌아온 나는 콧노래를 부르며 대청소를 했다. 엄마 아빠의 놀란 표정을 보며 나는 한술 더 떠 가게 일을 돕겠다고 했다. 엄마의 눈이 더 커다래졌다. 내가 이 세상에서 가장 싫어하는 게 가게에 나가 반찬 만드는 일이다. 고3인 언니와 아직 초등학생인 수진이가 번갈아 전을 뒤집을 만큼 바빴던 지난 설 때도 나는 가게에 나가지 않았다. 그런 내가 자청하고 나서자 엄마는 무슨 일이 있느냐고 물었다.

"무슨 일은? 간만에 효녀 노릇 좀 해 보겠다는데 왜들 이러셔."

전화를 받는 엄마 대신 프라이팬 위의 동그랑땡을 뒤집는데 기다란 그림자가 내 앞에 와 섰다. 무심코 바라본 나는 뒤집개를 떨어뜨릴 뻔했다. 준서가 서 있었다. 중학교를 졸업한 뒤 처음 보는 거였다. 나는 두부 부스러기가 되어 동그랑땡 반죽 속으로 숨고 싶었다. 준서가 낮고 어두운 목소리로 혜림이에 관해 물었지만 나는 아는 게 없었다. 준서는 도리어 엄마 아빠의 질문 공세에 시달리다 숨 죽은 시금치 꼴이 되어 돌아갔다.

나는 준서에게 전 부치는 모습을 보인 게 창피해서 이불을 뒤집어쓰고 울고 또 울었다. 엄마 아빠가 그걸 친구 잃은 슬픔 때문이라고 오해할 줄은 몰랐다. 이 세상에서 가장 친했던 친구의 자살에 충격받은 딸이 무슨 짓이라도 저지를까 봐 엄마 아빠는 잔뜩 겁을 먹었고, 내가 소원하던 어학연수의 꿈을 이뤄 주었다. 세 자매 중에서 단 한 명만 어학연수를 갈 수 있다면 그 사람은 나라는 사실에 언니나 수진이는 순순히 동의했다.

지프니는 버스들이 많이 늘어서 있는 곳에서 멈췄다. 곁눈질로 보니 재스민이 일어서고 있었다. 나는 얼른 먼저 내렸다. 그런데 재스민이 또 버스를 탔다. 혹시 내가 뒤를 밟는 걸 눈치챈 게 아닐까? 그래서 나를 따돌리려고 자꾸 차를 바꿔 타는 건지도 몰라. 퍼뜩 든 생각은 확신으로 바뀌었다.

'흥, 그럼 내가 못 쫓아갈 줄 알고? 나 문이진이 그렇게 호락호락한 줄 알아?'

오기가 충천해 나는 망설임도 두려움도 없이 재스민이 탄 버스의 뒷문으로 올라탔다. 앙헬레스에서 오던 버스와 달리 좌석당 세 사람씩 앉아야 했고, 사람들이 많아 혼자 앉을 만한 자리도 없었다. 새벽보다 더 올라간 기온과 사람들의 체

취가 뒤섞여 숨이 턱턱 막혔다. 나는 좌석의 3분의 2를 차지한 뚱뚱한 중년 여자 옆에 앉았다. 그나마 둘만 앉아서 다행이었다.

차장이 차비를 받으러 왔다. 옆자리의 아줌마만큼 내고 나자 지갑에는 한국 돈밖에 남지 않았다. 재스민을 따라나서지 않았으면 한국으로 돌아갈 때까지 쓰고도 남았을 돈이었다. 전자사전은 물론 오늘 쓴 돈이 아까워서라도 현장을 잡아야 한다.

버스가 복잡한 거리를 벗어나자 시골 풍경이 펼쳐지며 바나나 농장과 파인애플 농장, 논들이 나타났다. 벼가 누렇게 익은 논과 이제 막 모내기를 끝낸 논이 함께 붙어 있었다. 머지않아 버스는 구불구불한 산등성이를 달리며 하늘과 바다, 그리고 별장처럼 멋진 집들이 어우러진 근사한 풍경을 보여 주었다.

재스민이 이런 동네에 무슨 볼일이 있다고? 나는 재스민의 뒤통수를 노려보았다. 재스민은 조는지 연신 고개를 꾸벅거렸다. 태평하게 졸고 있는 모습을 보니 내가 따라가고 있음을 눈치챈 건 아닌 듯했다.

달리던 버스가 섰다. 승객들 분위기나 바깥 풍경으로 봐서 종점은 아닌 것 같았다. 그런데 창밖으로 재스민의 모습이 보였다. 재스민은 어느 틈에 버스에서 내려 길을 건너고 있었다. 출발하려는 버스를 세우고 허둥지둥 내렸지만, 재스민은 감쪽같이 사라졌다.

열대 과일을 파는 가게와 손님을 기다리는 지프니들과 트라이시클들이 즐비했다. 아이들은 맨발로 뛰어놀고, 싸움닭들은 여기저기 말뚝에 묶여 있었다. 나는 돌아가는 방법을 알지 못한 채 판타지 세계에 내동댕이쳐진 아이처럼 무섭고 겁이 났다.

꿈속에서 본 혜림이의 무표정한 얼굴도 공포 때문은 아니었을까? 나는 불길한 암시처럼 여겨지는 새벽의 악몽을 떨쳐 버리려 고개를 흔들었다. 그러자 이번에는 늦잠을 즐기고 느긋하게 아침을 먹고 난 뒤 아이들과 수다를 떨던 지난 주말들이 떠올랐다 스러졌다. 집에서 다섯 식구가 복작거리며 밥을 먹던 것도 생각났다. 이제 그런 시간은 다시 오지 않을 것 같았다.

갑자기 옆에서 수탉이 푸드덕 날아오르는 바람에 깜짝 놀라 비명을 질렀다. 나는 그걸 핑계 삼아 울어 버릴 심산이었다. 그런데 그 순간 재스민이 내 앞에 나타났다. 어찌나 반갑

던지 나도 모르게 '아떼!' 하고 소리칠 뻔했다. 나는 그 말을 꿀꺽 삼키며 이 모든 상황의 원인 제공자인 재스민을 노려보았다.

"헬렌! 너 정말 코리언 헬렌 맞아? 네가 왜 여기 있어?"

재스민은 내가 저승사자라도 되는 양 놀란 표정이었다. 내 영어 이름인 헬렌은 '빛'이란 뜻을 지니고 있다. 나는 어디서든지 빛나고 싶다, 이 순간에도. 하지만 재스민을 노려보던 내 눈빛은 곧 비굴하게 바뀌어 버렸다.

"그냥…… 새벽에 너 나가는 거 보고, 심심해서 따라왔다가……."

그 뒤 우리가 나눈 말들은 생략하겠다. 와글와글 쏟아져 나오려는 한국말을 토막 영어와 손짓, 발짓으로 변환시킨 거니까. 어쨌거나 나는 재스민이 할머니 생일을 위해 1년에 두 번뿐인 휴가 중 한 번을 쓰러 왔다는 사실을 알게 되었다. 집이 멀어서 새벽에 출발했고, 홈스테이에선 사람들 깨지 않게 조심스레 행동했던 거였다. 재스민이 내게 물었다.

"이제 어떻게 할 거야?"

"나도 몰라."

의연하게 헬렌 공주의 체통을 지키고 싶었지만 목소리가

떨렸다.

재스민이 한숨을 푹 쉬며 생각을 좀 하더니 나를 끌고 가까운 가게로 들어갔다. 재스민이 가게 주인에게 뭐라고 하자 주인이 전화기를 내주었다. 재스민은 나를 돌아다보며 통화했다. “예스, 맘.” 어쩌고 하는 걸 보니 홈스테이 주인아주머니인 모양이었다. 재스민이 나를 바꿔 주었다.

“너, 어떻게 된 거야? 너 때문에 한바탕 난리가 났잖아.”

주인아주머니의 화난 목소리가 전화선을 타고 들려왔다. 꾸지람이라 하더라도 한국말을 들으니 눈물이 솟구쳤다. 더한 욕이라도 반가울 것 같았다.

결국 나는 재스민네 집에 따라가 하룻밤을 지내고 함께 돌아가기로 했다. 재스민이 내 보호자가 된 셈이다.

“참, 네 전자사전 찾았다. 너 없어져서 소지품 뒤져 보다 발견했어. 가방 밑바닥에 넣어 놓고 메이드를 의심하면 어떡해?”

나는 전자사전을 찾았다는 기쁨보다 그동안 나를 지탱해 준 마음속 기둥이 뽑혀 나간 듯 허탈함이 몰려왔다. 기둥이 뽑혀 나간 자리가 동굴처럼 입을 벌리고 먹을 걸 보챘다. 내 표정에서 허기를 읽었는지, 아니면 자기도 배가 고팠는지 재스민이 빵을 샀다. 평소에는 너무 달고 불량 식품 같은 느낌이 들어서 먹지 않던 필리핀 빵이었다. 재스민은 음료수도 함께 사 주었는데 컵이 아니라 비닐봉지에 담긴 것이었다. 칫, 얼마나 싸다고 찝찝하게 비닐봉지에 담은 걸 사 주냐? 물론 소리 내어 그 말을 하지도, 거절하지도 않았다. 목이 너무 말랐기 때문이다.

나는 가게 앞에 놓인 나무 의자에 재스민과 나란히 앉아 빵을 먹었다. 신세가 처량했다. 반찬 가게 딸인 만큼 밥 먹을 때마다 온갖 반찬을 갖춰 먹던 나다. 달걀말이나 소고기 장조림 정도는 지겨워 눈길도 주지 않았었다. 부잣집 딸 혜림이가 가끔 끼어들 만큼 흥겨운 대화와 정이 오가던 식탁이 저수지에 잠긴 아빠의 고향처럼 아련했다.

이게 다 느닷없이 꿈에 나타난 혜림이 때문이다. 꿈만 아니었으면 그 시간에 잠에서 깨지도 않았을 테고, 집을 나서는 재스민을 보지도 않았을 테고, 당연히 여기 있을 일도 없다. 내가 혜림이였다면, 온갖 것을 누리게 해 주는 부모에게 무한한 감사와 존경을 품은 채 준서와 사귀며 행복하게 살았을 거다. 자기가 가진 걸 고마워할 줄도 모르고 복에 겨워 제 목숨을 끊은 애 때문에 이 고생을 하고 있다고 생각하니

화가 치밀었다.

나쁜 계집애. 죽어서까지 날 괴롭히고 있어. 나는 빵이 혜림이라도 되는 양 꾸역꾸역 씹어 삼켰다.

호수 안의 섬

폭주족 같은 요란한 소리를 내며 트라이시클이 멈춰 섰다. 트라이시클은 오토바이를 개조해 만든 삼륜 자동차이다. 재스민이 반색하며 일어서더니 트라이시클 운전사와 껴안았다. 나는 빨대로 비닐봉지 안의 음료수를 마시며 발가락 슬리퍼에, 헐렁한 반바지, 낡은 티셔츠를 입은 채 재스민을 껴안은 남자를 올려다보았다. 잘생겼다!

포옹을 푼 재스민이 남자에게 나를 뭐라 뭐라 소개했다. 설마 버릇없는 왕재수라고 소개하는 건 아니겠지. 그리고 재스민은 자랑스러운 얼굴로 내게 그를 남자 친구라고 말했다. 이름은 아론이라고 했다. 아론이 서툰 한국말로 "안녕하세요?" 하고 인사했다. 그러고는 자기네끼리 마주 보며 쿡쿡 웃었다. 그래도 나는 기분 나쁘지 않았다. 한때 미칠 듯이 좋아했던 가수 이름도 아론 카터였다. 세월이 흐르면서 많이 망가진 가수 아론보다 더 괜찮아 보이는 아론의 허리에 팔을 두르고 있는 재스민의 얼굴에서 빛이 났다.

나는 재스민을 따라 아론이 운전하는 트라이시클에 탔다. 아론은 운전하면서도 재스민의 머리카락을 어루만지고 어깨를 안는 등 애정 행각을 벌였다.

'이것들아, 나는 미성년자라고.'

재스민을 따라온 목적을 상실하고 나자 나는 재스민 머리카락에 붙은 껌딱지 같은 신세가 됐다. 반대로 재스민은 황금 마차에 탄 공주처럼 기품 있어 보였다. 그래 봤자 트라이시클 운전사와 사귀면서. 나는 아론을 깎아내리는 것으로 마음을 달랬다.

아론은 우리를 강인지 바다인지 모를 곳에 내려놓았다. 물가에 가니 여기저기서 한국말이 들려왔다. 단체로 온 한국 관광객들이 배를 타려고 모여 있었다.

"우리도 배 타는 거야? 너의 집은 어디야?"

나는 한국 관광객이 친척이라도 되는 양 조금 기가 펴져 재스민에게 물었다. 재스민이 바다 건너편 쪽을 가리켰다. 아스라이 섬 같은 게 보였다. 아론은 우리를 카누처럼 생긴

배들이 줄지어 있는 선착장으로 데리고 갔다. 뭐야, 저런 허술한 배를 타고 바다를 건넌다고? 하지만 내게는 아무런 결정권도, 선택권도 없었다.

나는 구명조끼는 물론 우비까지 입고 엄마 또래의 한국인 아줌마들 틈에 끼여 재스민과 함께 모터보트를 탔다. 눈치를 보니 아론이 아는 배에 무임 승선 하는 것 같았다. 한국의 아줌마들은 별일도 아닌 일에 호들갑을 떨고 소리 지르며 난리를 쳤다. 친척처럼 여겨졌던 조금 전과는 달리, '자기네가 무슨 소녀 뗀 줄 알아.' 하는 짜증이 일었다. 하지만 아줌마들은 웃음소리만으로도 모터를 돌릴 듯 활기차 보였다.

문득 1년 365일 시장 밖을 벗어나지 못하는 엄마 생각이 났다. 엄마도 누구네 엄마, 아내, 주부라는 이름을 벗어 던지면 저 아줌마들처럼 신나 보일까? 아줌마들은 재스민과 함께 있는 내가 필리핀 사람인 줄 아는지, 아니면 자기네끼리 놀기도 바쁜지 내게는 관심도 없었다. 말이라도 걸면 설명하기 복잡한데 차라리 잘됐다.

배가 출발하니 왜 우비를 입으라고 했는지 알 수 있었다. 배가 물살을 가르며 일으키는 포말이 소나기처럼 떨어졌다. 나는 난간을 아프도록 움켜잡고 풍랑이 이는 바다를 바라다보았다. 배가 뒤집히면 구명조끼 따위는 아무 소용도 없을 것 같았다. 이 넓고 깊은 물에 빠지면 꼼짝없이 죽을 텐데. 오열하다 실신하는 엄마 모습이 떠올랐다. 엄마는 가슴을 치며 딸을 필리핀에 보낸 자신을 탓하겠지. 콧날이 시큰해졌다. 물방울이 콧속으로 들어갔기 때문이야.

한국인 가이드의 설명이 들려왔다.

"어머님들, 호수가 꼭 바다 같지요? 이곳이 '죽기 전에 가야 할 명소 베스트 1000'에 선정돼 《뉴욕 타임스》에 실린 그 유명한 따알 호수입니다."

뭐야? 여기가 호수라고? 《뉴욕 타임스》에 실린 곳이라고? 나는 정신이 번쩍 들어 카메라를 꺼내 사진을 찍기 시작했다. 반대편을 찍으려고 하니 재스민이 잡혔다. 재스민이 수줍게 웃었다. 칫, 누가 자기 찍는댔나. 어쨌거나 재스민 덕에 유명한 곳을 구경하게 됐으니 빚 갚는 셈 치고 한 장 찍어 주었다. 나는 재스민에게 카메라를 건네고 나도 한 장 찍게 했다. 가이드 말이 계속 귀에 들어왔다.

"이곳은 화산 폭발로 생긴 호수로 그 당시 여러 개의 마을이 잠겼습니다. 스쿠버 다이빙을 해서 호수 속 깊이 들어가 보면 집들이 보인다고 합니다. 저기 보이는 따알 섬은 화산

입니다. 현재도 활동 중이며 세계에서 가장 작은 화산으로 유명합니다."

가이드의 말에 섞여 어떤 목소리가 들렸다.

"나, 그 호수 속 마을에 간 꿈 꿨다. 너희 아빠 말씀대로 물에 잠긴 채로 모두 그대로 있는 거야. 난 지느러미도 없는데 물고기처럼 자유롭게 막 헤엄치고. 무슨 판타지 애니메이션의 한 장면 같았어."

혜림이가 흥분해서 하던 이야기였다. 그 뒤에도 혜림이는 종종 같은 꿈을 꿨다고 했다. 나는 그 이야기를 들을 때마다 혜림이가 얼토당토않은 환상에 빠져 시험이나 망쳤으면 좋겠다고 생각했다. 그 이야기들이 가슴속에 남아 있다가 새벽에 그런 꿈을 꾸게 한 걸까? 어쩌면 여기 올 것을 암시하는 꿈이었는지도 모른다. 그런데 왜 자기 꿈에서는 자유롭고 행복했다는 혜림이가 내 꿈에서는 무표정한 얼굴로 꼼짝도 하지 않고 서 있었던 걸까? 나는 혹시 잠긴 마을이 보일까 싶어 호수를 내려다보았지만 뿌연 물과 높은 물결이 시야를 가로막았다.

섬이 가까워지고 있었다. 아줌마들은 신대륙을 발견하고 그 땅에 첫발을 내딛으려는 탐험가처럼 조바심을 내며 내릴 준비를 했다. 필리핀에 와서 처음으로 유명한 관광지에 왔다고 생각하니 처지도 잊은 채 가슴이 설레기 시작했다. 크리스마스 휴가 이후로 집에 처음 간다는 재스민의 목도 길어졌다.

선착장 옆에 배를 환영 나온 사람들과 말의 무리가 눈에 들어왔다. 가이드가 분화구가 있는 정상까지 말을 타고 간다더니 그 말들인 모양이었다. 재스민과 나는 한국인 관광객이 모두 내린 뒤에야 내렸다. 꼬질꼬질한 아이들이 "사장님, 천 원이요.", "언니, 예쁘다." 같은 한국말을 하며 달려들었다. 재스민이 뭐라고 하자 아이들이 내게서 떨어졌다. 재스민의 고향에 온 것이 실감 나자 다른 불안감이 엄습했다.

혹시 재스민이 되돌아가지 않으면 어쩌지? 내가 그동안 그랬던 것처럼 재스민과 가족들이 날 무시하고 부려 먹을지도 모른다. 필리핀의 이름 모를 섬에서 노예로 살아가는 내 모습이 떠올랐다. 지금이라도 도망쳐야 하지 않을까? 나는 나와 같은 배를 타고 온 관광객들을 바라보았다. 여전히 호들갑을 떨며 말 등에 오르고 있는 아줌마들은 내가 도움을 청해도 귀찮다고 뿌리칠 것 같았다.

그때 누군가 "아떼!"라고 소리치며 재스민에게 돌진했다.

"루시!"

재스민이 내게 가방을 던지듯 건네고는 대여섯 살쯤 돼 보이는 아이를 안아 올렸다. 동생인 모양이었다. 재스민은 루시가 사랑스러워 못 견디겠다는 듯 걸으면서도 뽀뽀를 퍼부었다. 나는 재스민의 가방을 들고, 내가 있다는 사실을 잊은 것 같은 재스민의 뒤를 시녀처럼 따라갔다. 재스민의 품에 안긴 루시가 어깨 너머로 나를 빤히 바라보았다. '뭘 봐?' 하고 째려보고 싶었지만 나 따위는 안중에도 없는 재스민 때문에 그럴 수 없었다. 나는 재스민이 내가 있음을 기억하고 한번 돌아다봐 주기를 바라면서 루시의 눈길을 고분고분 받아들였다.

푸른 새벽

깊은 물속까지 쏟아져 들어온 햇살로 퇴락한 집들과 제법 둥치가 굵은 나무들, 길까지 짙은 에메랄드빛으로 보였다. 서 있는 게 처음에는 나무 중 하나인 줄 알았다. 수초처럼 하늘거리는 건 바람에 살랑이는 나뭇가지 같았다. 그런데 나무가 아니라 혜림이였다. 하늘거리는 긴 머리카락 사이로 물고기들이 드나드는데도 그 애는 나무처럼 서 있었다. 가까이 가 보니 무표정한 얼굴로 물속에 뿌리를 박은 듯 미동도 하지 않고 있는 아이는 혜림이가 아니라 나였다. 그 자리에서 벗어나고 싶었지만, 뭔가가 나를 휘감고 있어 꼼짝할 수 없었다. 그곳은 따알 호수 속이었다.

나는 소리 지르려고 애쓰다 깨어났다. 어둑한데도 갈대와 대나무 들로 엮어 만든 허술하고 엉성한 천장이 눈에 들어왔다. 내가 있는 곳이 물속이 아니라 재스민네 집이란 사실에 안도했다. 하지만 눈을 떴는데도 여전히 무엇인가 나를 휘감고 있는 듯 움직일 수가 없었다. 간신히 고개를 돌려 옆을 보니 이사벨의 팔과 다리가 내 배와 다리를 감싸고 있었다. 나는 악몽을 떨쳐 버리듯 이사벨을 털어 냈다. 다른 쪽 옆에서는 릴리가 입맛을 다시며 돌아누웠다. 재스민의 동생들이었다.

재스민의 할머니와 부모님 그리고 동생 다섯이 사는 집은, 가게에 딸린 우리 집보다 더 작았다. 처음 들어왔을 땐 이런 데서 어떻게 사나 싶었는데 그들 틈에 끼어 잠까지 잤다. 써늘한 기운이 느껴져 릴리 다리 아래 깔려 있던 얇은 이불을 끌어 올려 덮고는 어젯밤을 떠올렸다.

재스민을 위한 떠들썩한 환영 행사는 할머니 생일 파티의 전초전에 불과했다. 해가 지기 전부터 동네 사람들이 모여들었다. 염소를 통째로 잡은 파티에서 그들은 밤이 이슥하도록 먹고 마시고 노래 부르고 춤추며 놀았다. 나는 밀림의 식인종한테 잡혀 온 제물이라도 된 양 겁이 났다. 생일 파티가 아니라 식인종들이 제물을 바치기 전에 치르는 의식처럼 여겨졌다.

재스민이 친구로 소개한 덕인지 가족은 물론 동네 사람들까지 내게 호의와 관심을 보였다. 시간이 지나면서 점차 공포심은 사라졌지만 나와 동갑이라는 재스민의 남동생 다니엘이 계속 힐끔거리며 훔쳐보는 게 기분 나빴다. 처음에는 누가 누군지 분간도 가지 않던 네 명의 여동생들이 끊임없이 주변을 맴도는 것도 성가셨다. 특히 사진 몇 장을 같이 찍었더니 이사벨이 자꾸만 카메라에 눈독을 들여 신경 쓰였다. 나보다 두 살 어린 이사벨은 내가 가진 모든 것에 관심을 보였다.

유일한 구원자였던 재스민은 일을 마치고 찾아온 아론과 붙어 있느라 내게는 관심도 없었다. 아론도 재스민에게 정신이 팔려 여친 할머니 생일인지 자기 데이트인지도 구분 못 하는 것 같았다. 다니엘이 아론 반만큼만 생겼어도……. 나는 한숨을 쉬며 어서 파티가 끝나기만을 기다렸다. 모기마저 내가 만만한지 자꾸 물어 대 짜증이 났다. 하지만 한국인 관광객도 모두 떠나 버린 섬에 홀로 남겨진 처지를 생각하면 짜증을 부릴 상황이 아니었다. 나는 사람들과 눈이 마주치면 안면 근육에 경련이 일 정도로 아부성 웃음을 띠며 시간을 견뎠다.

지난밤에 모기 물린 곳이 가려웠다. 잠이 완전히 달아나자 더는 누워 있기가 힘들어 자리에서 일어났다. 어슴푸레 에이미와 루시를 양쪽에 끼고 문가에서 잠든 재스민이 보였다. 그 발치 아래 속을 비운 채 쭈그러진 가방이 놓여 있었다. 나는 나를 이곳까지 오게 한 그 가방을 발로 꾹 밟았다.

어제 재스민의 가방을 놓고 둘러앉았을 때 가장 큰 기대와 호기심을 가진 사람은 재스민의 가족이 아니라 나였을 거다. 비록 전자사전은 찾았지만 나는 여전히 가방 속 물건에 대한 의혹을 버리지 못하고 있었다. 하다못해 유명 브랜드 로고가 붙은 하숙생의 양말 한 짝이라도 나올 것 같았다.

그런 거라도 발견해야 돌아가서 할 말이 있을 것 같아 눈을 부릅뜨고 지켜보았다. 가방에는 싸구려로 보이는 옷가지들과 화장품, 운동화, 사탕 등 필리핀산 물건들뿐이었다. 가방을 소중하게 안아 들고 집을 나선 재스민에게 속은 것이다. 재스민은 마지막으로 가방 바닥에서 돈을 꺼내 할머니에게 건넸다.

나는 옳지, 싶었다. 물건 생각만 했지 돈 생각은 못 했다. 돈을 받아 든 할머니가 재스민을 어루만지다 꼭 안아 주었다. 재스민의 엄마 아빠가 눈시울을 붉혔다. 흥, 그 돈이 어떤 돈인지 알면 배신감이 느껴질걸. 재스민이 나와 눈이 마주치자 속마음을 읽기라도 한 듯 말했다.

"주급 모은 거야."

나는 뜨거운 김을 쐰 것처럼 얼굴이 화끈거려 시선을 피했다.

"점심 차릴 동안 마당에서 쉬고 있으래."

재스민이 자기 엄마의 말을 전했다.

나는 살았다 싶은 마음으로 얼른 일어섰다.

재스민은 나를 데리고 마당의 망고나무 그늘로 갔다. 나는 재스민과 함께 두 나무 사이에 매달린 해먹 위에 걸터앉

왔다. 해먹이 그네인 듯 기분 좋게 흔들렸다.

"저기는 마구간이야."

재스민이 마당 한구석의 울타리를 가리켰다.

"마구간? 그럼 말이 있어?"

재스민이 메이드 주급을 모아 샀다고 했다.

"지금 다니엘이 관광객들을 태워 주고 있어. 이따 저녁때나 올 거야."

관광객을 태워 주고 버는 수입으로 아버지 약값과 생활비를 댄단다.

재스민의 아버지는 뼈만 앙상해 한눈에도 환자 같아 보였다. 재스민이 병명을 말해 주었으나 알아듣지 못했다.

"섬에 말이 너무 많아져서 수입이 넉넉하지 않아."

재스민의 목표는 다니엘에게 지프니를 한 대 사 주는 것이라고 했다.

"지프니가 얼만데?"

"중고는 십오만 페소 정도 해."

3백만 원이 넘는 돈이다. 메이드 월급은 한 달에 5만 원 정도라고 했다. 재스민이 한 푼도 안 쓰고 꼬박 5년을 일해야 만들 수 있는 돈이다.

"한국에 가서 돈 벌고 싶지만, 아론이 못 가게 해. 가려면 돈도 많이 들고."

5년이나 가족을 위해 자신의 행복을 저당 잡히다니. 세상에 이런 바보가 또 있을까?

"아론하고 결혼할 거야?"

"물론이지."

아론이 불빛인 양, 그 이름이 나올 때마다 재스민의 얼굴이 반짝거렸다.

"언제 할 건데?"

"지프니 산 다음에."

"가족을 위해 희생하는 거 억울하지 않아?"

"억울하긴, 당연한 거지. 가족을 위해 나이 많은 한국 남자한테 시집가는 친구도 있는데. 그에 비하면 난 아무것도 아니야."

그런 재스민이 양팔에 보물단지를 품은 듯 만족한 얼굴로 가늘게 코를 골며 자고 있었다. 오랜만에 다른 사람이 해 주는 아침을 먹는 날인 것이다. 다디단 재스민의 새벽잠에 괜스레 콧날이 시큰해졌다. 콧속으로 튄 물방울도 없는데 말이다. 스스로 민망해진 나는 얼른 집 밖으로 나갔다. 새벽이라 그런지 좀 추웠다.

생일 파티로 북적거렸던 마당에는 타오르던 장작 냄새와 염소 고기 냄새 등이 축축한 안개에 뒤섞여 있었다. 푸른빛이 감도는 안개 속에 서 있는 게 현실인지 꿈인지 헷갈렸다. 영어 공부를 하러 온 대한민국의 문이진이 필리핀의 이름도 잘 외워지지 않는 섬에서 새벽을 맞이하고 있다는 사실에 빛깔을 알 수 없는 슬픔이 밀려왔다.

갑자기 말이 푸르르, 하고 투레질하는 소리에 깜짝 놀랐다. 돌아다보니 이 집의 큰 재산인 말이 마구간에서 고개를 내밀고 있었다. 알렉산더라는, 거창한 이름을 가진 말이었다. 그쪽으로 다가가려던 나는 해먹에서 누군가 일어나는 바람에 또 한 번 놀랐다. 다니엘이었다. 다니엘도 놀란 표정으로 나를 보았다. 나 때문에 좁아서 여기 나와 잔 건가?

초록빛 말

아침 식사 시간에 나는 재스민의 대가족 틈에 끼여 앉았다. 이사벨이 튀긴 생선이 올려진 밥과 약간의 샐러드가 담긴 음식 접시를 내 앞에 놓아 주었다. 포크가 있었지만 나는 재스민의 가족처럼 손으로 먹기에 도전했다. 어제 재스민의 동생들이 포크로 먹는 나를 원숭이 구경하듯 보며 키득거리던 게 생각나서였다.

문화 체험이 별건가, 이런 게 문화 체험이지. 나는 체험을 위해 일부러 노력하는 것인 양 음식 접시를 카메라로 찍었다. 그리고 보란 듯이 손으로 밥을 집어 먹었다. 아주 이상할 줄 알았는데 어색하면서도 자유로운 느낌이 들었다. 흐뭇한 얼굴로 내 모습을 지켜보던 재스민의 가족들도 식사하기 시작했다.

밥을 먹으며 할머니가 뭐라고 하자 재스민이 영어로 말을 옮겨 주었다.

"헬렌은 우리 친구니까 가기 전에 알렉산더를 태워 주래. 다니엘, 헬렌한테 분화구 구경시켜 주고 와. 알았지?"

다니엘은 나와 눈이 마주치자 얼굴을 붉히며 웃었다.

"나, 돈 없는데……."

"넌 우리 친구라고 했잖아. 친구한테는 돈 안 받아."

재스민이 자꾸 친구, 친구 하는 게 싫으면서도 공짜로 말을 타는 건 나쁘지 않았다.

"정말?"

다른 관광객들처럼 분화구에 가 보는 거다. 사진도 많이 찍어야지. 그런데 마음 밑바닥에서 재스민네가 내게 말을 태워 주는 건 우리 집에서 팔다 남은 반찬을 이웃에게 나눠 주는 것과는 다르다는 생각이 고개를 들었다. 말은 재스민네의 전 재산이고 중요한 생계 수단이다. 돈을 벌어야 할 시간에 나를 태워 준다는데 좋아라 하며 냉큼 받아들인 게 민망했다.

"홈스테이에 가면 돈 줄게."

내 말에 재스민이 웃으며 꿀밤 먹이는 시늉을 했다.

아침을 먹고 온 식구가 마당으로 나왔다. 이사벨이 자기가 마부로 가겠다고 졸랐으나 할머니가 안 된다고 했다. 다행이었다. 귀찮게 구는 이사벨보다는 다니엘이 나았다.

다니엘이 자랑스러워하며 마구간에서 알렉산더를 끌어냈다. 잔뜩 기대했던 나는 햇빛 아래에서 말을 보는 순간 실망하고 말았다. 알렉산더라는 멋진 이름이 무색하게 말은 꺼칠한 털, 비쩍 마른 몸과 앙상한 다리, 파리를 쫓으려고 휘두르는 꼬리마저 닳은 빗자루처럼 볼품없었다. 이런 말을 두고 그렇게 자랑하다니. 갈기를 휘날리며 힘차게 달리는 말

위에 있는 내 모습을 상상했던 나는 나중에 돈을 주겠다고 한 게 후회되었다.

온 식구가 지켜보는 가운데 다니엘의 도움을 받아 낡은 담요 같은 털을 가진 말 위에 올라탔다. 그 순간 알렉산더가 콧김을 내뿜으며 발굽을 굴렀다. 나는 놀라 소리치며 말 등에 엎드렸다. 이사벨과 릴리가 깔깔 웃었다. 자존심이 상해 겁난 걸 감추려고 애써 허리를 폈다. 몇백 년 동안 말을 탄 공주처럼 우아하고 당당하게.

다니엘이 말고삐를 잡고 출발했다.

"잘 다녀와!"

재스민이 소리치자 식구들이 모두 손을 흔들었다. 나는 간신히 용기를 내 한 손을 흔들었다.

산으로 가는 길에는 한 무리의 관광객들이 말을 탄 채 앞서가고 있었다. 한국 사람인가 했는데 일본인 관광객들이었다. 말을 모는 마부들은 루시만큼 어려 보이는 아이에서부터 노인들까지 나이가 다양했다. 배낭을 짊어진 채 걸어 올라가는 사람들도 보였다. 우리도 말을 탄 관광객들의 끝자락에 붙었다.

알렉산더는 울창한 열대 나무들로 빼곡한 밀림 같은 마을을 빠져나갔다. 야자나무와 망고나무에 둘러싸인 집들은 하나같이 허술하고 초라했다. 평지를 걷던 알렉산더가 비탈길로 접어들었다. 이제부터 산으로 올라가는 모양이었다. 말은 헉헉대며 좁고 가파른 길을 투덕투덕 걸었다. 화산재 때문인지 흙은 잿빛이었다.

습기를 가득 품은 햇볕이 내리쬐는 길에서 눅눅한 지열과 함께 먼지가 피어올랐다. 관광지로 개발하느라 일부러 만든 것 같은 그 길은, 말들이 얼마나 많이 오르내렸는지 여기저기 패여 돌들이 다 드러나 있었다. 경사가 심해지자 말들이 내뿜는 콧김 소리는 점점 더 거칠어졌다. 그 길을 함께 걷는 마부도 힘들어 보이기는 마찬가지였다. 어떤 마부는 관광객과 함께 말을 타고 가기도 했다. 옆에서 말고삐를 쥔 채 묵묵히 걷는 다니엘이 안돼 보였지만 함께 타고 싶지는 않았다. 그리고 다니엘까지 타면 비쩍 마른 알렉산더가 주저앉을 것 같았다.

길이 더욱 가팔라졌다. 나는 알렉산더가 힘들어하다 앞발을 들어 나를 떨어뜨릴 것만 같아 겁이 났다. 두려움과 긴장감에 힘을 줘서인지 벌써 온몸이 뻐근했다. 얼마를 지나 산

중턱에 이르자 시야가 탁 트였다. 앞 사람들에 밀려 말이 잠깐 멈춰 섰을 때 뒤를 돌아보자 호수가 한눈에 들어왔다. 배에서 볼 때 무서웠던 것과 달리 속이 뻥 뚫리는 것 같았다.

알렉산더는 다시 걷기 시작했다. 경사가 완만해져 좀 편해지나 싶었는데 조붓한 등성이 길 아래로 아찔한 계곡이 펼쳐져 있었다. 말이 발을 헛디디기라도 하면 계곡으로 떨어질 판이었다. 나는 겁이 나 안장 위에 달아 놓은 손잡이를 꽉 잡았다. 다니엘이 사진 찍는 시늉을 하며 "픽처? 픽처?" 하고 물었다. 내가 카메라를 주자 다니엘은 이리저리 자리를 옮기며 말 탄 내 모습을 열심히 찍었다. 평소에도 관광객을 많이 찍어 주는지 솜씨가 능숙했다.

알렉산더와 다니엘은 나를 무사히 정상까지 데려다주었다. 관광객들은 정상에서 마부에게 콜라를 사 주거나 팁을 주기도 했다. 나는 어제 아이들이 "천 원, 천 원." 하던 게 떠올라 지갑에서 우리나라 돈 천 원을 꺼내 다니엘에게 주었다. 하지만 다니엘은 받지 않았다. 그뿐만 아니라 자기 돈으로 내게 야자열매인 부코를 사 주었다. 앙헬레스에서는 밍밍한 맛이 별로였는데 목이 말라서 그런지 먹을 만했다. 내가 분화구 주변을 구경하는 동안 다니엘은 알렉산더를 끌고 다른 마부들이 있는 곳으로 갔다.

일본 사람들의 조용하면서도 호들갑스러운 감탄사를 들으며 나는 군데군데 유황 연기를 피워 올리는 분화구를 내려다보았다. 작긴 했지만, 사진에서 본 백두산 천지나 한라산 백록담과 비슷한 분위기였다. 담수호는 하늘을 가득 담고 있었다. 나는 열심히 사진을 찍었다. '쓰레기를 버리지 마세요.'라는 한글이 영어와 함께 적혀 있는 표지판도 담았다. 창피하면서도 한국 사람들이 많이 오는 관광지에 온 건 좋았다.

분화구를 배경으로 한 장 찍고 싶어 다니엘 쪽을 바라보니 눈치 빠르게 달려와 카메라를 받아 들었다. 같이 한 장 찍자고 할까, 하다가 말았다. 말 좀 얻어 탔다고 친한 척하는 게 속보이는 짓 같았다. 충전을 못 한 채 계속 찍어 대 배터리도 간당간당했다. 산에서 내려가면 이 섬을 떠날 테고 다니엘과 더는 볼일 없을 것이다. 일주일 뒤에는 필리핀을 떠날 테니 재스민과도 끝이다.

카메라 안에 저장된 파티 장면과 재스민 가족들 사진이 떠올랐다. 이 섬은 인터넷도 안 될 테니 메일로 보내 줄 수도 없고 언젠가는 지워 버리겠지. 그 순간 말로 표현하기 힘든 느낌이 스쳐 지나갔다. 찰나의 감정이어서 이름을 붙이기조차 어려웠다.

얼마 뒤 나는 다시 알렉산더 위에 올라탔다. 말은 올라온 길을 되돌아 터벅터벅 내려가기 시작했다. 다니엘과 알렉산더는 하루에 몇 번이나 이 길을 오르내릴까? 계속해서 굴러떨어지는 바위를 산꼭대기까지 밀어 올려야 하는 시시포스가 떠올랐다. 말 위에 올라앉은 나는 그 바위가 된 듯한 기분이었다.

올라오는 말에게 길을 내주기 위해 한쪽에 비켜 서 있는 사이, 나는 다니엘에게 카메라를 건네며 함께 찍자고 했다. 그러면 미안한 마음이 좀 덜어질 것 같았다. 다니엘은 얼굴을 붉히더니 우리처럼 비켜 서 있던 또래 마부에게 카메라를 주며 뭐라고 했다. 그러고는 매무새를 한번 가다듬더니 내 옆에, 아니 알렉산더 옆에 섰다. 나도 포즈를 취했지만 하필이면 그 순간 배터리가 방전돼 찍을 수가 없었다. 나는 무안했고 다니엘은 실망한 기색이었다.

그때 배낭을 내려놓고 잠시 쉬던 여자가 목에 걸고 있던 폴라로이드 카메라로 우리를 찍어 주었다. 다니엘과 나눠가질 수 있도록 두 번을 찍었다. 사진이 나오는 동안 여자가 내게 여기 사느냐고 물었다. 나는 한국에서 어학연수 왔음을 말해 주고 여자가 온 곳을 물었다. 대학생인 그 언니는 독일 사람이었다. 나는 독일 언니가 찍어 준 사진을 비교해 본 뒤 내가 더 잘 나온 걸 다니엘에게 주었다.

알렉산더는 다시 비탈길을 내려가기 시작했다. 눈앞엔 바다 같은 호수가 펼쳐져 있었다. 문득 말 등에 실려 시시포스의 바위처럼 같은 길을 오르내리는 게 아니라 알렉산더와 함께 마음껏 달려 보고 싶다는 충동이 일었다. 실은 말을 태워 준다고 했을 때부터 기대했던 거였다.

알렉산더에게 처음 느꼈던 실망은 단지 볼품없게 생겨서만은 아니었다. 날마다 산기슭에서 분화구까지 오르내리는 알렉산더의 삶은 내 삶과 비슷했다. 집, 학교, 학원, 독서실, 집, 학교, 학원, 독서실, 집……. 나는 그 길을 의심하거나 고민해 본 적이 없었다. 분화구로 오르는 길처럼 닳도록 그 길을 걸으면 내가 꿈꾸는 미래를 가질 수 있다고 믿었다.

혜림이는 왜 그 미래를 포기한 걸까? 나는 그동안 혜림이가 왜 그랬는지는 깊이 생각해 보지 않았다. 현재의 고민이나 방황은 빛나는 미래의 걸림돌이라고 생각해 왔으니까.

뜻하지 않게 길에서 벗어난 이 시간이 어쩌면 큰 선물이라는 생각이 들었다. 다시 내 자리로 돌아가기 전에 마음껏 즐기고 싶었다. 하지만 땅만 보며 같은 길을 오가는 알렉산더에게 기대할 수 없는 일이었다. 어쩌면 나는 알렉산더가 나를 태운 채 정해진 길을 벗어나 자유롭게 달려 주길 바란 건지도 모르겠다. 문득 궁금해졌다.

'이 섬의 말들은 자기가 말인 걸 잊어버린 건 아닐까?'

털이 꺼칠해지고, 갈기가 볼품없이 엉키고, 엉덩이가 홀쭉해지고, 꼬리털이 오래 쓴 빗자루처럼 닳도록 관광객을 태우고 하루에도 몇 차례씩 같은 길을 오르내리는 동안 자신이 말이라는 사실을 잊어버린 게 분명했다. 알렉산더도 마찬가지일 것이다.

"내가 그걸 잊었다고? 잊어버렸을 거라고?"

나는 분명히 들었다, 헉헉대는 콧숨에 섞여 나온 말의 말을. 그건 혜림이의 목소리 같기도 했다.

"난 내가 갈기를 휘날리며 드넓은 초원을 달리는 말이란 사실을 똑똑하게 기억하고 있어. 난 늘 꿈을 꾸지. 언젠가는 이 비탈길을 마구 달려 내려가, 산자락이 발을 담그고 있는 저 넓은 호수 위를 들판처럼 달리겠다고."

나는 놀란 눈으로 알렉산더를, 그리고 다니엘을 내려다보았다. 내 귀에 들렸으면 다니엘도 들었을 것이다. 다니엘은 이미 알고 있다는 듯 덤덤한 표정이었다.

나는 알렉산더의 낡은 담요 같던 갈색 털이 싱그럽고 윤기 도는 초록빛으로 변해 가는 걸 느꼈다. 알렉산더는 검은 갈기를 휘날리며 호수 위를 들판인 듯 달려가고 있었다. 히힝 하고 말이 울음소리를 냈다. 나는 그 초록빛 말을 가슴에 담았다.

벼랑

규완을 아파트 단지 입구에서 돌려보낸 난주는 집으로 향했다. 난주네 집은 아파트 단지 안에 섬처럼 박혀 있는 영구임대 아파트다. 규완은 난주네 집이 그곳인 줄 모른다. 규완에게 잘산다고 한 건 아니지만 넉넉한 집의 딸인 것처럼 행동했으니 속였다고 해도 할 말은 없다. 하지만 하루하루를 걱정해야 하는 가난한 삶을 거울처럼 들여다보며 규완과 사귀고 싶지 않았다.

2년 전, 다가구 주택의 반지하 방에서 살다 처음 이사 왔을 때만 해도 난주는 이 아파트가 너무 좋았다. 엘리베이터를 타고 12층에 있는 집으로 올라갈 때면 이곳이 타워팰리

스라도 되는 것 같았다. 하지만 얼마 되지 않아, 사람들이 난주네가 사는 곳을 아파트 시세를 떨어뜨리는 애물단지로 여긴다는 사실을 알게 되었다. 난주네가 치열한 경쟁을 뚫고 입주할 수 있게 된 건 아빠가 사고로 얻은 장애 때문이었다. 난주는 아파트 가치가 떨어진다며 출입구를 따로 만들려는 주민들을 미워하기에 앞서 그들보다 더 임대 아파트를 부끄러워하게 되었다.

난주는 현관문을 두드렸다. 초인종은 고장 난 지 오래였다. 철컥, 문 따는 소리만 들리고는 그만이다. 게임하다 뛰어왔을 태주 짓이다. 난주는 문을 열고 집으로 들어갔다. 엄마 아빠는 아직 없었다. 있어 봤자 둘이 싸우거나 잔소리만 할 텐데, 없는 게 차라리 나았다.

사람이 들어갔는데 태주는 게임하느라 쳐다보지도 않았다. 어릴 때는 곧잘 싱거운 소리를 하며 난주를 따랐는데 중학생이 되면서부터 말이 없어지는 대신 게임만 해 댔다. 실은 난주도 동생과 별로 할 말이 없었다. 10평짜리 집은 두 사람만 있어도 비좁고 답답했다. 환한 햇살만으로도 좋은 건 며칠 되지 않았고 불편한 것들만 잔뜩 늘어났다.

난주는 태주와 같은 방을 쓰는 게 무엇보다 짜증 났다. 열일곱 살 여고생을 시금털털한 냄새가 나는 남동생과 한방을 쓰게 하다니. 밤늦도록 일하면서 고작 이렇게 사는 부모가 한심했다.

난주는 안방에서 갈아입은 옷을 쇼핑백에 넣어 잡동사니가 잔뜩 쌓여 있는 베란다에 숨겨 두었다. 교복은 태주와 함께 쓰는 방 벽걸이에 걸어 놓고 분무기로 접힌 자국에 물을 뿌렸다.

"정태주, 나 씻고 올 동안만 해. 나도 컴 써야 해."

태주는 게임에 빠져 듣는 둥 마는 둥 했다. 난주가 세수하고 나온 뒤에도 몇 번이나 소리를 질러서야 "어휴!" 하고 주먹으로 책상을 내리치며 일어섰다. 곧 옆방에서 잔뜩 볼륨을 높인 텔레비전 소리가 들려왔다.

난주는 가방에서 디지털카메라를 꺼냈다. 최고급은 아니지만 괜찮은 신형이다. 난주한테 카메라가 있는 걸 식구들은 모른다. 아르바이트를 해서 휴대폰과 새 옷을 샀다고 했을 때 엄마는 말했다.

"돈 벌었으면 살림에도 보태고 해 봐."

다른 부모들은 그 시간에 공부하라고 할 것이다. 그래 놓고도 성적이 나쁘다고 야단치는 건 뭔지. 엄마 아빠는 야단치는 것만이 부모가 할 수 있는 일인 줄 아는 모양이다.

"바랄 걸 바래. 다른 애들은 가만히 있어도 부모가 다 해 준단 말이야."

난주는 휴대폰을 사고 옷을 사게 해 주는 그 일을 알바로 여겼다. 부모가 못 해 주니 그렇게 해도 괜찮다고 생각했다. 난주는 규완과 찍은 사진들을 싸이에 올렸다. 휴대폰으로 찍는 것보다 훨씬 잘 나와서 기분이 좋았다. 사진 속의 난주는 남부럽지 않아 보였다. 잘생긴 규완이 남자 친구인 것도 흐뭇했다.

난주가 처음 아르바이트를 한 건 지난 겨울 방학 때였다. 헬스클럽 광고지를 돌리는 일이었는데 시급으로 쳐서 하루 2만 원 정도 받았다. 롯데리아 같은 곳에서 일하고 싶었지만 나이가 어려 받아 주지 않았다. 하루 2만 원씩 60일을 일한다고 계산해 보니 방학 동안 100만 원 정도는 벌 수 있을 것 같았다. 100만 원! 난주는 그 거금이 벌써 손안에 들어온 듯 흥분했다. 갖고 싶은 것들이 끝도 보이지 않게 줄을 섰다.

"잘됐다. 알바해서 등록금 좀 보태. 아니, 학교에 무슨 돈이 그렇게 많이 들어간대."

아빠 치료비로 진 빚을 갚느라 아직도 허덕이는 엄마의 뇌 구조를 보면 돈 생각이 99.9퍼센트를 차지하고 있을 것 같다. 인문계 고등학교에 가는 난주에게 참고서를 사 주거나 학원을 보내 주기는커녕 대학 등록금은 못 해 준다고 미리부터 못을 박았다. 속으로는 고등학교 졸업하고 취직해서 돈을 벌어오길 바랄 게 분명했다.

"됐다 그래. 우선 브랜드 교복부터 사고 나머지는 저금해 둘 거야."

"뭐? 브랜드값이지, 비싸기만 하고 품질은 다 거기서 거기야. 잔소리 말고 등록금 내는 데 보태."

난주는 아르바이트한다는 딸을 말리기는커녕 그 돈까지 뺏으려 드는 엄마가 너무 싫었다.

"요새 브랜드 아닌 교복 입는 애가 어딨다고 그래? 내가 중학교 3년 내내 얼마나 쪽팔렸는 줄 알아? 교복도 제대로 못 사 줄 거면서 자식은 왜 낳았어!"

난주가 소리치자 엄마도 지지 않고 맞받아쳤다.

"자식을 왜 낳았는지 나도 발등을 찍고 싶다. 니들만 아니면 내가 왜 이 고생을 하고 사는데!"

'브랜드나 비브랜드나 별 차이 없다.'는 말은 브랜드 교복을 입은 애들이나, 충분히 그걸 사 줄 능력이 있는 부모들이 할 수 있는 말이다. 브랜드와 비브랜드는 우선 단추부터 달랐고, 천 색상은 물론 치마며 허리선에서도 차이가 났다. 또 비브랜드는 구김이 더 잘 가고, 엉덩이나 소매도 더 빨리 반들거리는 것 같았다.

광고지 돌리는 아르바이트는 생각보다 힘들었다. 십몇 층씩 오르내리다 보니 다리가 퉁퉁 붓고 허리가 아파서 며칠은 제대로 걸을 수도 없었다. 그뿐 아니라 경비 아저씨한테 들켜 광고지를 모두 뺏기기도 하고 도망치다 발목을 접질리기도 했다. 100만 원이라는 목표는 70만 원에서 50만 원으로 줄어들다 간신히 교복값이 되자 더는 한 장도 돌리고 싶지 않았다. 난주는 아르바이트한 돈을 받자마자 누가 빼앗을세라 브랜드 교복을 샀다.

"교복 사 주려고 했던 돈 나한테 줘. 그걸로 가방이랑 신발 사게."

광고지 돌리느라 퉁퉁 부은 난주 다리에 파스를 붙여 주던 엄마가 순순히 10만 원을 주며 한마디 했다.

"디자인보다 튼튼한 걸로 사."

브랜드 교복과 가방과 신발을 갖춰 놓으니 볼 때마다 흐뭇하고 뿌듯해서 빨리 학교에 가고 싶을 정도였다. 그리고 연달아 남자 친구까지 생겼다.

규완을 처음 본 건 중학교 졸업식 다음 날 친구들과 어울려 롯데리아에 갔을 때였다. 난주 친구가 아는 오빠를 만났다. 난주와 친구들은 창호와 그의 친구, 규완과 합석했다. 난주는 규완에게 한눈에 반했다. 친구가 그 사실을 알고 창호를 통해 다리를 놓아 주려 했으나 규완은 여자 사귈 마음이 없다고 거절했다. 난주가 졸라 댄 끝에 창호가 규완을 속여서 데리고 나왔다.

그날 규완이 자리를 비운 사이 창호가 말했다.

"내 친구지만 나랑은 아주 다른 놈이야. 알바를 몇 개씩 하면서 공부도 잘하고, 인성도 좋아서 애들한테 엄청 인기 많아."

규완은 실업계 고등학교를 다녔고 집도 가난했다. 난주는 실업계 고등학교에 편견을 가지고 있었고, 가난한 남자를 좋아할 일은 없을 거라고 장담해 왔다. 하지만 규완은 좋았다. 규완을 생각하면 좁아터진 집에서도 웃음이 나왔고 엄마한테 혼나도 짜증 나지 않았다. 그런데 두 번을 만난 뒤 규완이 그만 만나자고 했다.

"네가 좋아서 그만 내 상황을 잊었어. 취직한 다음에 사이버 대학에라도 가려면 공부도 알바도 더 열심히 해야 돼. 지금 내 형편에 여자 친구를 사귀는 건 사치인 것 같다."

규완이 헤어지자고 하자 난주는 더더욱 그가 좋아졌다. 그래서 자존심 상하는 것도 무릅쓰고 매달렸다.

"자주 안 만나면 되잖아, 오빠. 그리고 나 용돈 많이 받아. 오빠 졸업하고 취직할 때까지 데이트 비용은 내가 낼게."

난주는 자기도 모르게 그렇게 말해 버렸다. 두 번째 알바가 믿는 구석이었다.

난주는 규완을 만날 때 예쁜 옷을 입고, 밥값을 내고, 영화표를 사면서 은근한 기쁨을 맛보았다.

공원 화장실로 옷을 갈아입으러 들어간 난주는 창밖에서 들려오는 소리에 까치발을 했다. 창문 아래로 아이들의 머리통이 보였다. 욕설 섞인 말과 함께 때리는 소리, 낮은 비명이 뒤섞여 들려왔다. 어떤 패거리가 삥을 뜯는 모양이었다. 대화의 내용으로 보아 삥을 뜯기는 애는 공원을 지나다 우연히 걸린 애가 아니라 정기적으로 상납하는 호구인 것 같았다. 난주도 중학교 때 친구들과 어울려 나쁜 짓을 한 적이 있지만, 지금은 아니었다. 규완을 사귀고부턴 그에게 부끄럽지 않은 사람이 되고 싶었다.

난주는 옷을 갈아입고 나와 세면대 앞에 서서 입술에 립글로스를 발랐다. 그리고 새로 산 옷을 거울에 비춰 보았다. 규완의 미소를 상상하는 것만으로도 마음속이 환해졌다. 누군가와 서로 사랑하는 게 이렇게 좋은 줄 처음 알았다. 난주는 거울에 비친 모습을 다시 한번 점검하고 밖으로 나왔다.

난주는 화장실을 지나치며 창 밑의 패거리를 슬쩍 보았다. 아이들에게 둘러싸인 호구는 이 손길 저 손길에 떠밀리며 맞고 있었다. 그 아이에게 머문 난주의 눈이 커졌다. 호구는 뜻밖에도 경화였다. 경화는 난주네 아빠가 사고를 당했을 때 살았던 다가구 주택 집주인 딸이다. 경화네는 동네에서 마트도 했다.

난주는 경화가 맞는 게 고소했다. 그 애가 들고나와 먹던 군것질거리에 침을 삼켜야 했던 기억들이 떠올라서였을까? 밀린 월세와 늘어나는 외상값 때문에 경화 앞에서조차 잔뜩 주눅 들었던 일이 생각나서였을까? 난주는 그때 경화네 마트 안에 있는 김이 설설 나는 통 속의 호빵이나 시원한 아이스크림은 물론 진열대에 있는 스팸이며 참치 통조림까지 부럽지 않은 게 없었다. 태주가 과자를 훔치다 들켜 된통 혼난 일도 떠올랐다. 경화는 동갑내기 태주는 물론 두 살 많은 난주한테도 함부로 굴었다.

'그때는 엄청 깝치더니 꼼짝 못 하네.'

그 당시 생각으로는 도저히 닿을 수 없는 구름 속의 성채 같던 아파트에 사는 데다 새 옷까지 입은 난주는 경화 앞에 보란 듯이 나서고 싶은 충동이 일었다. 하지만 공원에서 노는 패거리들과 어떻게든 얽히는 게 겁나고 귀찮아 그냥 지나쳤다.

난주는 규완이 일하는 주유소 근처 패스트푸드점으로 가서 규완을 기다렸다. 알바를 마친 규완이 문을 열고 들어섰다. 둘이 햄버거를 먹는데 규완이 누군가와 눈인사를 했다. 돌아다보니 머리를 노랗게 염색한 여자애였다. 여자애는 창가 자리에 앉더니 책을 읽으며 햄버거를 먹기 시작했다. 규완의 눈길이 잠시 그 애에게 머물렀다.

"누구야?"

난주가 경계하는 눈초리로 여자애를 바라보며 물었다.

"같이 일하는 애."

"주유소에서?"

"응."

"학생 아냐?"

"나랑 동갑인데 학교는 안 다녀."

"학교를 안 다닌다고? 날라리야?"

"차림새는 저래도 그런 앤 아냐. 그림 한다나 봐. 주유소에서도 틈날 때마다 스케치북에 그림 그리는데 꽤 잘 그려."

규완의 말에 호감이 담겨 있는 것 같아 난주는 슬그머니 심통이 났다.

"그림 하는 애들 재수 없어."

"왜? 나는 자기 세계가 분명하게 있는 것 같아서 나름 멋있어 보이던데."

"그건 오빠가 잘 몰라서 그래. 우리 반에도 맨날 그림 그리는 애가 있는데 애들이 다 이상한 애라고 해."

"어떻길래?"

"잘난 척 엄청 하고, 아무 때나 그림 그리고. 수업 시간에는 교과서에도 안 나오는 질문을 해서 선생들 엿 먹이고. 야자 시간에도 하고 싶은 거 제멋대로 하고."

난주가 은조를 떠올리며 열을 내자 규완이 쿡쿡 웃었다.

"너보다 제멋대로야? 말 나왔으니까 얘긴데, 너, 걸핏하면 야자 빠지면서 대학 갈 수 있겠어? 너희 부모님이 귀엽다고 너무 오냐오냐하시는 것 같아. 다시 말하지만, 대학 떨어지면 나 네 남친 안 한다. 알았어?"

규완이 난주의 볼을 쥐고 흔들었다. 오냐오냐가 아니라 무관심이시네요. 난주는 자신의 상황과 3만 리는 동떨어진 규완의 말에 씁쓸해졌다.

"우리 난주, 삐치니까 더 귀엽네. 참, 난주야. 너 6월 14일이 무슨 날인 줄 알아?"

규완이 웃으며 물었다.

"6월 14일? 무슨 날인데? 오빠 생일이야?"

금방 기분이 풀어진 난주는 규완을 바라보며 눈을 빛냈다.

"무슨 데이 안 챙겨 준다고 서운해하더니 어째 그날을 모르실까?"

"무슨 날인데? 응?"

"나중에 알아봐."

규완은 난주의 눈길을 피하며 끝내 알려 주지 않았다.

난주는 집에 가자마자 인터넷을 검색해 보았다. 그날은 키스데이였다. 가슴이 쿵쾅쿵쾅 뛰기 시작했다. 아직 난주와 규완은 손을 잡거나 어깨를 감싸는 정도가 다였다. 기회가 있는데도 규완은 숙맥인 건지, 부끄럼을 타는 건지 그 이상의 스킨십은 하지 않았다. 그런 규완이 6월 14일을 언급한 건 그때 키스를 하겠다는 뜻이다. 규완과의 키스는 상상만으로도 달콤하고 행복했다.

난주는 휴대폰에 그날을 디데이로 설정해 놓았다. 첫 키스에 어울리는 예쁜 옷이 필요했다. 돈이 필요한 난주는 문자를 보냈다.

- 내일 가도 돼요?

- 5시쯤이면 좋겠는데…

"잠 좀 자자고!"

머리를 반대편으로 하고 누운 태주가 성질을 부렸다.

난주가 교복 차림으로 스튜디오에 들어서자 주인은 문 앞에 '잠시 외출 중'이라고 쓰인 안내문을 걸고는 안에서 문을 잠갔다. 난주는 암실로 들어갔다.

사진 스튜디오에 처음 간 건 알바 이력서에 붙일 증명사진을 찍기 위해서였다. 아직 규완을 만나기 전이었다. 작품 사진이 벽에 걸린 실내 분위기는 보통 사진관과 달라 보였고 주인아저씨도 평범한 사진사라기보다는 작가 같았다.

아저씨는 의자에 앉은 난주의 머리카락과 옷매무새를 만져 주었다. 고객을 예쁘게 찍어 주려고 진심을 다하는 모습이었다. 다음 날 사진을 찾으러 갔을 때 주인 아저씨는 난주의 이름을 기억하며 반갑게 맞아 주었고, 지금까지 찍었던 증명사진들 중에서 가장 마음에 들게 나온 사진을 건넸다. 흡족한 표정으로 돈을 내미는 난주에게 아저씨가 말했다.

"커피 한잔 줄까?"

실내는 클래식 음악과 커피 향으로 그윽했다. 난주는 얼결에 고개를 끄덕이고는 벽 쪽에 놓인 나무 벤치에 앉았다. 아저씨는 곧 커피가 담긴 머그잔을 건네주었다. 컵을 받아 쥘 때 부드러운 그의 손이 닿았다. 아저씨는 좀 떨어진 자리에 앉아 커피를 마시며 음악을 들었다. 컵을 쥔 길고 흰 손가락이 눈에 들어왔다. 마음처럼 손도 섬세해 보였다.

"저 사진들 아저씨가 찍은 거예요?"

난주가 벽에 걸린 사진들을 가리키며 물었다. 아저씨는 고개를 끄덕였다.

"와, 되게 잘 찍는다! 어떻게 하면 이렇게 찍을 수 있어요?"

"피사체에 마음을 주면 잘 찍을 수 있지. 사진은 마음으로 찍는 거거든. 언제 사진 한번 찍어 줄까? 난주는 참 여러 가지 표정을 갖고 있어."

난주가 열여섯 살이라고 하자 아저씨는 열아홉 살은 되는 줄 알았다며 놀란 눈을 했다. 난주는 자신을 성숙하게 봐 주는 게 기분 좋았다. 커피 광고 모델 같은 부드러운 목소리는 다정하고 친절하게 들렸다. 난주는 이만큼 멋진 중년 남자를 처음 보는 것 같았다.

그는 구경을 시켜 준다며 암실로 데려가선 난주를 만졌다. 난주는 불쾌하기도 하고, 무섭기도 하고, 짜릿하기도 하고, 죄책감이 들기도 하는, 아무튼 설명할 수 없는 혼란스러운 기분이 되었다. 그런데 그가 돈을 주었다. 난주가 뿌리치자 그는 난주의 손에 돈을 쥐여 준 다음 자기 두 손으로 꼭 감쌌다.

"앞으로 심심할 때 놀러 와. 그럼 사진도 찍어 주고 찍는 법도 가르쳐 줄게."

스튜디오를 나온 난주는 자꾸만 헛놓이는 다리로 한참을 걷다가 앞에 있는 건물 화장실로 들어가 손에 쥔 돈을 세어

보았다. 5만 원이었다. 난주는 얼떨떨했다. 광고지 아르바이트를 열 시간도 넘게 해야 벌 수 있는 돈이었다. 15층짜리 아파트를 수십 번 오르내려야 겨우 만질 수 있는 액수였다.

그 뒤로 스튜디오는 난주의 새로운 아르바이트 장소가 되었다. 헤어지자는 규완에게 용돈을 많이 받는다고 큰소리칠 수 있었던 것도 다 이 알바 덕분이었다. 대가가 돈일 때도 있지만 디지털카메라나 옷 또는 신발 같은 것일 때도 있었다. 감각이 세련된 그로부터 받는 선물도 좋았다.

난주와 규완은 공원 벤치에 앉아 아이스크림을 먹었다. 6월 14일 밤이었다. 장마를 머금은 공기가 눅눅하고 후텁지근했다. 평일 밤이어선지 공원은 한적했다. 창호가 가출했다느니, 학교를 안 나온다느니, 궁금하지도 않은 이야기를 하던 규완은 아이스크림을 다 먹은 뒤 말이 없어졌다. 그러고는 자꾸만 손바닥을 허벅지에 문질렀다. 난주는 곧 규완과 키스할 거라는 생각에 가슴이 뛰었다. 그 감정을 숨기고 모르는 척 앉아 있는 것도 쉬운 일은 아니었다.

공연히 주변을 두리번거리던 난주는 건너편 벤치에 모여 있는 경화와 경화를 괴롭히던 패거리들을 보았다. 벤치 옆에 서 있는 가로등 불빛이 그들의 모습을 환히 비추었다. 지난번과 달리 경화는 그들과 어울려 웃고 있었다. 오늘은 제대로 갖다 바쳤나 보지. 딱 한 번 그런 걸 가지고 태주를 계속 도둑놈 취급하던 경화 엄마가 떠올랐다. 기분 나쁜 기억을 떨쳐 버리려고 고개를 돌리는 순간 규완이 난주에게 얼굴을 들이밀었다.

"아얏!"

규완의 턱과 입술을 부딪친 난주는 입을 감싸 쥐며 비명을 질렀다.

"미안, 미안해! 많이 아파?"

규완이 난주 얼굴을 어루만지며 어쩔 줄 몰라 했다.

"괜찮아."

또다시 침묵이 흐른 뒤에 결국 둘은 입을 맞추었다. 덜덜 떠는 게 그대로 전해지는 규완과의 첫 키스는 생각보다 훨씬 어설프고 어색했다.

은조가 학교를 그만두었다. 아이들이 떠드는 소리를 들어보니 딱히 무슨 계획을 세우고 그만둔 것도 아니었다. 난주는 아이들이 은조를 '이상한 애'로, 자신은 '노는 애'로 부른다는 걸 알고 있었다. 중학교 때 노는 아이들과 어울렸던 전적이 그런 꼬리표를 붙였는지 모르겠지만 난주는 이상한 애보다 노는 애가 차라리 낫다고 생각했다. '노는 애'가 비브랜드 교복이나 임대 아파트 같은 거라면 '이상한 애'는 낡은 트레이닝복이나 반지하 방 같은 것이다. 비브랜드 교복이나 임대 아파트는 어쨌거나 교복이고 아파트지만, 낡은 트레이닝복이나 반지하 방은 근본적으로 다르다.

난주가 보기에 은조는 세상을 몰라도 너무 모르는 것 같았다. 세상 잘난 척하더니 결국 학교 밖으로 튕겨 나가 이제는 아무것도 아닌 존재로 살게 됐다. 처음에는 보물 상자의 열쇠라도 손에 쥔 것처럼 신나겠지만 하루도 채 지나지 않아 후회하게 될 거다. 교과서며 체육복이며 학교와 관련된 것들을 모조리 다른 애들에게 줘 버린 것도 후회하겠지. 난주가 그 애에게 순순히 교복을 받아 든 건 허리선이 가장 예쁘게 나온 브랜드였기 때문이다. 게다가 하복은 땀을 많이 흘려 여러 벌 있을수록 좋았다.

'앞날이 갑갑할 텐데 잘 지내라는 말이나 해 줄걸.'

난주는 은조가 준 교복을 입을 때마다 그 애 생각이 났다.

기말고사가 시작되었다. 시험 기간엔 자율 학습이 말 그대로 자유였다. 난주는 교실에 남았다. 규완은 난주 성적이 이 정도로 바닥인 줄은 모르고 있다. 공부할 방도 없고, 부모가 독서실 갈 돈도 주지 않고, 학원도 보내 주지 않아 공부를 못한다는 핑계를 댈 수는 없었다. 설령 규완이 난주네 형편을 안다고 해도 마찬가지였다. 규완은 여전히 새벽에 신문을 돌리고, 밤에는 주유소에서 일하고, 틈틈이 난주를 만나면서도 상위권의 성적을 유지했다.

"널 만나면서부터 더 열심히 공부하게 돼. 너한테 잘해 주지도 못하는데 너 때문에 성적 떨어졌다는 말은 하기 싫거든. 나중은 없다지만, 정말 나중에 지금 못 한 것 다 해 줄게."

첫 키스를 한 뒤 규완은 난주와 결혼할 사이라도 되는 것처럼 굴었다. 난주는 그런 규완이 우습고 부담스러웠지만 싫지만은 않았다. 규완과 결혼하면 엄마 아빠와 다른 삶을 살 수 있을 것 같았다. 싸우지 않고, 서로 미워하지 않고, 원망하지도 않으면서 행복하게. 규완을 떠올리면 마음이 따뜻하고 든든해졌다.

흐트러지는 마음을 다잡고 공부하는데 문자가 왔다.

- 시험 기간이지? 오늘 올래?

그였다. 난주는 규완과 첫 키스를 한 뒤로 스튜디오에 가지 않았다.

은반지를 주고받는 날인 실버데이가 다가오고 있었다. 난주는 그날을 핑계 삼아 커플링을 사고 싶었다. 방학하면 놀이공원에도 놀러 가고 싶었다. 규완과 하고 싶은 게 너무 많았다. 난주는 가방을 챙겨 들고 학교를 나섰다. 오늘만이야. 잠깐 들렀다가 집에 가서 공부할 거야.

스튜디오에는 사진을 찍으러 온 사람이 있었다.

"손님, 잠깐만 기다리세요."

그는 난주에게 말하며 눈을 찡긋했다.

난주는 나무 벤치에 앉아 잡지를 보았다. 그대로 나가고 싶은 마음을 텅 빈 주머니가 눌러 앉혔다. 그는 손님이 가자마자 문을 닫아걸었다.

"요새 무슨 일 있었어? 안 들러서 궁금했다."

난주는 대꾸 없이 먼저 암실로 들어가며 마지막이라고 되뇌었다.

"이제 안 와요."

난주가 옷매무새를 가다듬으며 말했다. 그의 손길이 이렇게 불쾌했던 건 처음이었다. 차라리 다시 광고지를 돌리는 게 나을 것 같았다.

"공부하느라 힘든 모양이네. 그래도 가끔 들러."

그는 다른 때보다 더 많은 돈을 주었다.

스튜디오를 나오던 난주는 오토바이를 탄 창호와 맞닥뜨렸다. 난주는 얼른 뒤를 돌아다보았다. 그는 다행히 암실에서 나오지 않고 있었다.

"오랜만이야."

난주가 어색하게 웃으며 말했다.

"너, 여기 자주 온다."

창호가 빙글빙글 웃었다. 난주는 가슴이 철렁 내려앉았다.

"내, 내가 언제?"

"얼마 전에도 봤는데. 나 저기 피자 가게에서 배달해. 근데 주인이랑 너랑 있는데 외출 중이라는 팻말은 왜 내거냐?"

"내가 그걸 어떻게 알아? 난 사진 찾으러 왔을 뿐이야."

난주는 당황스러운 마음을 짜증으로 감추며 걸음을 빨리 했다. 창호가 엔진 소리를 내며 천천히 난주 곁을 따라왔다.

"그럼 사진 보여 줘 봐."

"아, 아직 안 나왔대서 그냥 가는 거야. 그리고 내 사진을 오빠한테 왜 보여 줘야 하는데?"

난주가 쏘아붙였다.

"규완이도 알아?"

"뭘?"

난주가 멈춰 섰다.

"네가 거기 들락거리는 거. 변태같이 느끼한 그 새끼, 이 근처에서 영계 킬러라고 소문이 자자하던데."

창호의 말에 발밑이 푹 꺼지는 것 같았다.

다음 날, 난주는 문제도 제대로 읽지 못한 채 시험을 본 다음 스튜디오로 달려갔다. 그가 반겼다.

"어제 그러고 간 다음부터 계속 네 생각 하고 있었는데. 텔레파시가 통했나 보다."

그의 말 한마디 한마디가 송충이가 되어 몸을 기어 다니는 것 같았다.

'그런 거 아니에요.'라고 말하고 싶지만, 말은 나오지 않고 입속만 바짝바짝 말랐다. 그는 서둘러 난주를 암실 안으로 끌고 들어갔다.

"너도 내가 생각났던 거지? 그러니까 앞으로 안 온다는 소리는 하지 마."

그가 난주를 쓰다듬으며 말했다. 싫다고 해. 싫다고 말하라고! 하지만 그 소리는 목 안에서 맴돌 뿐이었다.

싫다고 말하는 대신 난주는 흑, 하고 울음을 터뜨렸다.

"왜 그래? 무슨 일이야?"

그가 난주의 어깨를 감싸 안았다. 친절하고 좋은 어른이니까 말하면 모두 해결해 줄 거야. 난주는 힘겹게 입을 열었다.

"저, 내가 여기 오는 걸…… 아는 오빠가 알았어요. 그 오빠가 협박해요."

걱정하지 말라고, 해결해 주겠다고 말해 주기를 기다리는데 갑자기 그가 난주를 확 밀치며 일어섰다. 그 서슬에 작업대에서 무엇인가가 떨어졌다. 그는 밖으로 나갔다. 난주는 전혀 예상치 못한 그의 태도에 당황해 옷을 추스른 뒤 따라 나갔다.

"아저씨……."

난주를 노려보는 그의 얼굴이 무섭게 변해 있었다. 처음부터 저런 얼굴이었으면 이런 일은 일어나지 않았을 거다. 커피 향처럼 부드럽고 쿠키처럼 달콤해서 무서운 것도 싫은 것도 몰랐다. 난주는 어떻게 해야 할지 몰라 앉지도 서지도 못한 채 서성거렸다.

담배에 불을 붙여 빽빽 피워 대던 그는 다시 난주를 노려보았다. 다른 사람인 것처럼 시뻘겋게 충혈된 눈이었다.

"당돌한 계집애. 너 이제 봤더니 그놈이랑 짜고 접근한 거지? 어린 게 인생 그렇게 살지 마."

그의 말이 후려치기라도 한 것처럼 난주는 나무 벤치에 털썩 주저앉았다. 당연히 아저씨가 창호의 협박을 해결해 줄 거라고 믿었다. 어른이니까, 아저씨는 어른이고 자기는 애니까, 아저씨가 먼저 시작한 일이니까.

그는 지갑에서 돈을 꺼내 거친 동작으로 난주 손에 쥐여 주었다. 그러고는 더러운 물건을 대하듯 역겹다는 표정으로 말을 내뱉었다.

"다시는 여기 얼씬도 하지 마. 한 번만 더 오면 신고해 버릴 거야."

말로 설명하기 힘든 억울함과 배신감과 비참함이 끓어올랐다. 난주는 우는 대신 어금니를 꽉 깨물고 스튜디오를 나왔다. 그러고는 그 인간에게 자기가 아는 욕이란 욕은 다 퍼부었다.

휘청휘청 걷던 난주는 문자 오는 소리에 소스라치게 놀라 걸음을 멈추었다.

- 얘기 잘됐냐?

창호였다. 난주는 멍하니 서서 스튜디오와 문자를 번갈아 바라보았다.

- 왜 문자 씹냐? 모레 규완이 만나기로 했으니까 알아서 해. ㅋㅋ

난주는 공원에서 창호를 만나 돈을 건넸다. 그 인간이 준 돈에 엄마가 싱크대 안에 숨겨 놓은 돈까지 합친 거였다.

"이것밖에 없어. 한 번만 봐줘, 오빠."

난주와 창호가 앉아 있는 벤치 곁으로 유아차에 아기를 태운 부부, 배드민턴 라켓을 든 부녀, 인라인스케이트를 타는 모자, 강아지를 산책시키는 사람들이 지나쳤지만 아무도 난주를 눈여겨보지 않았다.

"거기 들락거리면 돈이 더 나올 텐데 왜 이것밖에 없대? 네가 어떤 애란 걸 알아도 규완이가 계속 좋아하겠냐?"

창호가 난주 얼굴 위로 담배 연기를 훅 뿜었다. 난주는 몸을 움찔했다. 규완이 알게 되는 건 상상만 해도 끔찍했다. 그 일에 비하면 공부 못하는 거나, 임대 아파트에 사는 건 아무 흉도 아닌 것 같았다.

"앞으로 다시는 안 갈 거야. 그러니까 오빠, 제발……."

난주는 사정했다.

"내가 규완이 생각해서 봐주겠는데 이십만 원만 더 가져와. 이번 주 넘기지 마라."

창호는 난주가 준 돈을 주머니에 넣으며 일어섰다.

싫다고 말해! 못 한다고 말해! 하지만 난주는 그 말 대신 고개를 끄덕였다.

혼자가 된 난주는 한동안 멍하니 앉아 있었다. 어디서부터 어떻게 잘못된 건지 알 수 없었다. 자신은 돈이 필요했고 그 돈을 주겠다는 어른이 있었다. 그저 편한 알바라고 생각했을 뿐이다. 그런데 왜 창호한테 절절매야 하지? 규완한테 가서 먼저 말할까? 다 자기랑 만나려고 그런 건데. 규완이 헤어지자면 헤어지지 뭐. 아니, 그보다 어른한테 말할까? 엄마, 아빠, 선생님들, 광고지 아르바이트를 했던 헬스클럽과 치킨집 사장님, 경비원 아저씨…….

야단칠 때는 줄지어 있던 어른들이 도움을 청하려고 둘러

보자 하나도 보이지 않았다. 한 번도 자신이 자기 것이라고 생각해 본 적 없었는데, 자신을 증명해 주는 건 임대 아파트나 브랜드 교복 같은 것들이라고 생각했는데, 지금 보니 자신은 온전히 자기 것이었다.

규완한테 말하면 이해해 줄까? 난주는 고개를 저었다. 헤어지더라도 규완에게 자신이 그런 애라는 걸 알리고 싶지 않았다. 이 세상의 단 한 사람, 규완에게만은 그가 상상하는 모습으로 남고 싶었다. 온실 안의 화초처럼 곱고, 밝고, 귀엽고, 사랑스러운. 난주는 손바닥에 얼굴을 묻으며 울음을 터뜨렸다.

공원 화장실로 간 난주는 울고 있는 경화와 맞닥뜨렸다. 난주가 들어서자 경화는 황급히 눈물을 닦고 나가 버렸다. 난주를 알아본 것 같지는 않았다. 멍하니 세면대에 기대어 서 있던 난주는 허겁지겁 화장실을 나가 주변을 두리번거렸다. 경화가 공원 앞에 있는 찻길을 건너는 게 보였다. 난주는 그쪽으로 뛰어가다가 패거리가 경화를 맞이하는 걸 보고는 주춤했다.

패거리는 경화를 자기들 사이에 끼워 넣고 골목으로 들어갔다. 난주는 빨간불이 켜진 건널목을 뛰어 건너갔다. 경화와 패거리는 당구장과 피시방이 있는 4층짜리 건물 안으로 들어갔다. 난주는 머리 위로 들리는 그들의 소리를 따라 계단을 올라갔다. 그들은 옥상에 있었다. 망설이던 난주는 활짝 열린 옥상 문 뒤로 몸을 숨겼다. 딱 한 사람 서 있을 만한 공간이 있었다. 틈새로 소리가 들려왔다.

"이년이 점점. 우리가 거지야?"

욕지거리와 함께 때리는 소리가 났다. 난주는 후들거리는 다리로 간신히 버텼다.

"어, 엄마가 눈치채서 꺼, 꺼내 오기가 힘들어."

경화의 잔뜩 주눅 든 목소리가 들려왔다.

창호에게 쩔쩔매던 자신의 목소리가 겹쳐 들려왔다. 싫다고 말해! 난주는 사진 스튜디오 그 인간의 손길이 느껴졌다. 싫다고 말해!

"네가 가게 본다고 하고, 그때 판 돈 다 가져오면 되잖아."

"그, 그렇게 한 건데, 근처에 다른 마트가 생겨서 장사가 잘 안 돼. 손님이 별로 없어."

못 한다고 말하라고!

"담배는? 담배는 왜 안 가져왔어?"

"자꾸 없어진다고 아빠가 개수를 세 놓아서……."

경화의 말이 다 끝나기도 전에 퍽퍽, 때리는 소리와 함께 비명이 들렸다. 난주는 자신이 맞는 듯 몸이 움츠러들었다.

패거리가 옥상을 내려간 뒤 난주는 문 뒤에서 나와 경화에게로 갔다. 쭈그려 앉아 울고 있던 경화가 멀뚱한 표정으로 난주를 올려다보았다. 얼이 반은 빠진 듯한 경화는 난주를 알아보지 못했다. 사진 스튜디오의 그 인간에게 마지막으로 보인 자신의 표정도 저랬는지 모른다. 난주는 가슴 밑바닥에서부터 분노가 안개처럼 스멀스멀 피어오르는 걸 느꼈다. 그게 누구를 향한 것인지 알 수 없었다.

"안경화, 오랜만이다. 나 누군지 모르겠어?"

난주는 자기 입에서 나왔지만 자기 것 같지 않은 목소리를 들었다.

"나, 난주 언니?"

그제야 난주를 알아본 경화가 쭈뼛거리며 일어섰다. 그 얼굴에 희미한 반가움이 감돌았다. 자기네가 집주인이라고 으스대던 모습이 떠올랐다.

"재수 없는 년. 우리가 외상값 못 갚는다고 무시하더니 꼴 좋다!"

말을 뱉고 나니 이렇게 해도 괜찮다는 생각이 들었다.

"내, 내가 언제."

경화는 난주가 자기한테 왜 이러는지 조금도 의아해하거나 항변하지 않고 단번에 겁을 먹었다. 난주는 그런 경화가 자신인 듯 모멸감을 느꼈다. 난주는 한 걸음 다가섰다.

"태주한테 호빵 껍질 주워 먹으라고 했던 거 생각 안 나?"

잊고 있었던 일이다.

"미, 미안해. 미안해, 언니."

경화가 삐죽삐죽 울음을 터뜨리며 물러섰다.

"너, 보니까 계속 돈 갖다 바치더라. 그거 집에서 훔쳐 온 거지? 눈감아 줄 테니까 나한테도 이십만 원만 가져와."

난주는 떨리는 목소리를 감추며 말했다. 경화 얼굴이 굳어 갔다.

"내일까지야. 내일까지 안 가져오면 가만두지 않을 거야. 나, 아는 오빠들 많거든."

난주의 낮은 목소리가 이 사이로 새어 나왔다. 경화의 눈이 공포로 텅 비었다. 난주 자신의 눈이었다.

싫다고 말해! 안 하겠다고 말하란 말이야! 난주는 경화에게 다가섰다.

"다, 다음에."

주춤주춤 물러서던 경화의 몸이 옥상 난간에 부딪혔다.

"안 돼. 내일까지야."

난주는 한 발 더 다가섰다.

"제발, 언니…… 다, 다음에 가져다줄게."

싫다고 말하라고! 난주가 발을 떼 놓자 경화가 난주를 피해 옆에 있던 화분을 밟고 올라섰다. 그러고는 두 손을 모아 빌었다.

"언니, 잘못했어. 다음에."

"뭘 잘못했어? 뭘 잘못했느냐고!"

난주는 소리치며 경화를 밀쳤다. 경화의 몸이 휘청하더니 눈앞에서 사라졌다.

세상이 텅 빈 듯 하얘졌다. 아무 소리도 들리지 않았다. 영문을 알 수 없어 우두커니 서 있던 난주는 그 자리에 허물어지듯 주저앉았다. 자신 아래 놓인 온 세상이 아득한 벼랑인 듯했다.

생레미에서, 희수

학원 시간보다 30분이나 일찍 도착했다. 엄마가 할아버지 생신에 가야 하기 때문이었다.

"오늘은 그럼 더 그릴 수 있겠네. 아들, 이따 보자."

차에서 내리는 현우의 등에 대고 엄마가 말했다. 하지만 현우는 수업 시간 전까지 같은 건물에 있는 피시방에서 게임을 할 계획이었다. 고등학생이 돼 좋은 건 제사나 생일 같은 집안 행사에 참석하지 않아도 되는 거다. 2학년이 되면서는 아예 수험생 대우를 받았다.

엄마에게 손을 흔들어 주고 학원을 향해 걷는데 낯익은 뒷모습이 눈에 들어왔다. 아직 이른 시간이었지만 윤희수가 분명했다. 노란 커트 머리와 귓불에서 달랑거리는 은색 링 귀걸이는 어디서든 눈에 띄는 그 애의 트레이드마크였다.

발소리를 들었는지 돌아다본 희수가 웃었다.

“안녕?”

현우는 희수의 인사에 당황했다. 희수가 자신을 알아보지 못할 거라고 생각해서 그냥 지나치려는 참이었다. 현우는 자기도 모르게 뒤를 돌아다보았다. 엄마 차가 1차선으로 접어들고 있었다. 사이드미러로도 현우가 보일 위치는 아니었다.

“어…… 일찍 오네.”

현우가 어정쩡하게 대꾸했다.

“보통 때는 한 시간 먼저 오는데 오늘은 늦은 거야.”

희수는 멈춰 서 있다 현우와 걸음을 나란히 했다.

“그렇게 일찍 와서 뭐 해?”

“그림도 그리고 책도 보지, 뭐. 너 실기실에 혼자 있어 본 적 없지? 되게 좋다.”

현우도 학교 미술실에서는 혼자 있어 봤다. 대부분 공모전에 보낼 그림을 그릴 때여서 빨리 끝내야 한다는 강박감만 있었을 뿐이다.

딱히 할 말이 없어 잠자코 발걸음을 옮기는데 요란하게

튜닝한 희수의 신발이 눈에 들어왔다. 현우는 희수를 힐끗 훔쳐보았다. 가까이에서 보니 귓불만 뚫은 게 아니었다. 귓바퀴에도 반짝이는 게 몇 개나 박혀 있었다. 귀걸이보다 더 반짝이는 건 검고 동그란 눈동자였다.

희수에 관한 소문들이 머릿속을 스치고 지나갔다. 희수는 주유소를 몇 개나 운영하는 집 딸이라고 했다. 남자애들은 조기 유학 다녀오고 자유분방한 희수한테 관심이 많았다. 현우는 남자애들이 심심풀이 땅콩 삼아 입에 올리는 희수를 자신과 다른 부류의 아이라고 여겨 왔다. 그런 희수가 지극히 평범한 자기를 기억하고 있다는 게 신기하기까지 했다.

"날마다 엄마가 데려다주셔?"

희수가 물었다. 방금 전 현우가 엄마 차에서 내리는 것을 본 모양이다. 아니면 본 적이 있거나.

"응."

"학원 끝나고도 데리러 오시고?"

현우는 희수를 바라보았다. 얼굴에 비웃음이 어려 있는 것 같아 슬며시 기분이 나빠졌다. 다른 아이들한테도 이따금 '마마보이'라는 소리를 듣고 있는 터였다.

"왜 묻는 건데?"

현우 목소리가 퉁명스러웠다. 희수는 대꾸 없이 피식 웃었다.

너 따위가 어떻게 보든 상관없어. 현우는 희수에게 조금도 관심이 없다는 걸 위안 삼으며 비상구 계단으로 난 문을 열었다. 3층에 있는 피시방에 가기 위해서였다. 그런데 엘리베이터를 탈 줄 알았던 희수가 따라왔다. 이상하게 싫지 않았다.

"너 삐쳤니?"

희수가 걸음을 나란히 하며 놀리는 듯한 표정으로 물었다. 현우는 묵살하고 싶었지만, 마마보이에다 속 좁다는 낙인까지 찍히고 싶지 않았다.

"누가 삐쳤다고 그래?"

"삐쳤네, 뭘. 너 은근 귀엽다!"

말끝에 희수가 현우 팔을 잡았다. 귀엽다고? 팔은 왜 잡는 거야? 무슨 뜻이지? 어떻게 해야 하지? 허둥거리고 있는데 희수가 손을 떼며 고갯짓으로 계단 위쪽을 가리켰다. 입 맞추고 있는 남녀가 보였다. 멈춰 세우려고 잡았던 모양이다. 현우는 잠시나마 착각했던 게 창피해 공연히 큰소리로 투덜거렸다.

"여기가 자기네 집 안방인 줄 아나."

그 소리에 놀란 남녀가 황급히 문을 열고 사라졌다. 피시방이 있는 층이었다.

"뭐, 보기 좋은데."

희수가 웃으며 말했다.

현우는 다시 혼란스러워졌다. 혹시 나한테 관심 있는 건가? 저런 게 보기 좋다는 말은 자기 마음의 표현일 수도 있잖아. 자기도 그렇게 하고 싶다는 얘긴가? 이미 경험이 많을지도 모른다. 생각은 비약해 현우는 계단에서 포옹하고 입맞추는 남녀가 자신과 희수인 것 같은 느낌이 들었다. 희수가 힐끗 쳐다보자 현우는 마음을 들킨 듯 당황스러웠다. 피시방에 간다는 핑계로 그 자리를 벗어나려 했으나 희수가, "나 먼저 간다." 하며 현우를 남겨 놓고 계단을 뛰어 올라가 버렸다.

그 뒤로 머릿속에서 희수가 떠나지 않았다. 현우는 시시때때로 자신과 희수가 주인공인 그 장면을 상상하며 반복 재생했다. 실제로도 그렇게 해 보고 싶었다. 하지만 현실에서는 아무것도 하지 못했다.

차가 주유소 마당으로 들어서자 유니폼을 입고 모자를 쓴 주유원이 인라인스케이트를 타고 미끄러져 왔다. 무심코 그 모습을 바라보던 현우의 눈이 커다래졌다. 이럴 수가! 희수였다. 자기네 주유소에서 일할 줄은 몰랐다. 현우는 많은 주유소 중 하필이면 희수네 가게로 온 게 너무 신기했다. 엄마처럼 매사에 철저한 사람이 늘 가던 주유소를 깜빡하고 지나친 일부터가 그저 우연만은 아닌 것 같았다.

엄마가 차창을 내리자 희수 얼굴이 가까이 왔다. 뜻밖의 만남에 놀라 어떻게 대할지 미처 정하지도 못했는데 희수와 눈이 마주쳤다.

"어? 정현우!"

희수가 이번에도 먼저 아는 체했다. 현우는 왼쪽 뺨에 와 닿는 엄마의 따가운 시선을 느끼며 겨우, "어, 안녕." 하고 답했다.

"안녕하세요?"

현우는 희수가 엄마에게도 아는 체하려는 건 줄 알고 긴장했다.

"JS주유소입니다. 얼마나 넣어 드릴까요?"

지극히 사무적인 멘트였다. 희수의 알은체가 의례적인 수

준이었음을 안 현우는 민망하면서도 아쉬웠다. 하긴 엄마가 옆에 있는데 뭘 어떻게 하겠어. 모자가 희수의 노란 머리를 감춰 줘서 다행이었다.

"가득. 그리고 앞 유리 좀 닦아 줘."

엄마는 희수가 현우와 아는 사이라는 걸 알면서도 유리를 닦으라고 시켰다. 현우는 얼굴이 뜨거워지는 느낌이었다.

"네, 알겠습니다!"

싹싹하게 대꾸한 희수는 쌩하고 미끄러져 가더니 세척액과 걸레를 들고 왔다. 유리에 세척액을 뿌리자 거품 뒤로 희수 얼굴이 사라졌다. 하지만 곧 희수는 더 깨끗해진 유리 너머로 다시 모습을 드러냈다.

현우는 희수가 거품 같은 소문 따위를 모두 지워 버리고 새로운 모습으로 자신 앞에 선 것 같았다. 오늘의 만남이 우연이 아니라는 확신이 더 강하게 들었다.

"다 넣었습니다."

보통 때 같으면 현우에게 카드를 건네던 엄마가 팔을 뻗어 희수에게 직접 주었다. 엄마가 내뻗은 팔은 무언의 경고였다.

"휴지 드릴까요?"

"괜찮아. 수고해요!"

엄마는 차창을 올렸다. 그러고는 차를 출발시키기가 무섭게 현우에게 물었다.

"걜 어떻게 알아? 누구야?"

그럴 줄 알았다. 이럴 때는 될 수 있는 한 심드렁하게 대꾸해야 한다. 엄마는 현우에 관해서라면 뱃속까지도 다 들여다보는 투시경을 가지고 있다. 지금까지는 감추는 것 없이 펼쳐 놓고 사는 게 편해서 그렇게 했다. 하지만 희수는 아니었다. 자칫하면 희수를 두고 하는 상상까지 들킬지도 모른다.

"우리 학원에 다녀."

"고등학생이란 말이야? 학생인데 염색에, 귀걸이에. 그건 그렇고 학원은 왜 안 가고 주유소에서 기름을 넣고 있어?"

그사이 다 살펴본 모양이다.

"학교는 안 다니고, 자기네 주유소래. 그리고 학원은 이틀만 다니니까 오늘은 학원 안 가는 날일 거야."

현우는 엄마에게 아무런 꼬투리도 잡히지 않으려고 주의하며 대답했다.

"입시 준비 하는 애 아니야?"

"잘 모르는데, 취미로 하는 건가 봐."

취미로 할 거면서 왜 입시 미술 학원에 다니며 분위기를 흐리는지 모르겠다고, 애들이 희수 없는 데서 쑥덕거리고는 했다. 남자애들에게 관심의 대상인 희수는 여자애들 사이에서는 왕따였다.

"학교는 왜 안 다니는데?"

"유학 갔다 왔다나 봐."

쯧쯧, 엄마가 혀를 찼다.

"조기 유학 갔다가 실패한 케이슨가 보네. 저러다 아무 데도 적응 못 하고 열치기 되는 거 한순간인데. 자기네 주유소인 건 맞아?"

"애들이 다 그러던데. 쟤네 집, 주유소가 몇 개나 된다고."

"공부하기 싫으니까 저런 짓 하나 보네. 쟤 부모도 하여간 속도 편하다. 유학 실패하고 왔으면 어디 기숙학원에라도 넣어서 대학 보낼 생각을 해야지."

엄마가 한심하다는 듯이 말했다.

취미이자 특기가 자식 교육인 엄마에게는 그게 당연한 일이었다. 현우 누나를 잘 조련해서 남부럽지 않은 대학에 보냈으며 현우의 진로를 미대로 정해 준 것도 엄마였다. 흥미 없는 교과서 귀퉁이에 그림을 끼적이는 정도는 다른 아이들도 하는 짓이었다. 그런데 엄마는 거기에서 현우의 대입 가능성을 찾아냈다. 현우도 공부보다는 그림 그리는 게 나았기에 별 불만 없이 1학년부터 입시 미술을 시작했다. 아마 앞으로 진행될 미래도 엄마의 계획대로 돼 갈 거다.

"너, 재랑 친한 건 아니지?"

엄마가 갑자기 물었다.

"아, 안 친해. 말도 거의 안 해 봤어."

사실인데 거짓말을 하는 것처럼 현우는 말을 더듬었다. 그리고 그게 사실이라는 것에 가슴 한 귀퉁이가 아려 왔다.

"지금 중요한 시긴 거 알지? 까딱 한눈팔았다가는 인생 망치는 거야. 여자 친구는 대학교 가면 얼마든지 사귈 수 있으니까 딴생각할 시간에 실기 한 장이라도 더 해. 알았지?"

학원으로 들어서는 현우의 마음은 누가 마구 휘젓는 것처럼 출렁거렸다. 이런 기회가 만들어지기도 쉽지 않았다. 운명의 신이 현우 편을 들어, 입시 설명회와 선생님 면담으로 엄마를 학교에 붙잡아 준 것 같았다.

- 아들, 오늘은 지하철 타고 가야겠다. 미안해. 이따 데리러 갈게.

엄마가 보낸 문자의 행간에서 현우는 운명의 신이 보낸 격려의 메시지를 찾아냈다.

현우는 심호흡을 하고 실기실 문을 열었다. 기분대로라면 희수가 달려와 자신의 품에 안길 것만 같았다. 하지만 희수는 문을 등지고 앉아 책을 보느라 누가 들어오는지도 몰랐다. 고개를 수그리고 있어 드러난 목덜미가 뽀얬다. 현우는 자기도 모르게 희수의 목덜미에 입 맞추는 상상을 하곤 얼굴이 뜨거워졌다.

희수는 학원 책장에 꽂혀 있던 화집을 보고 있었다. 눈에 익은 고흐 그림이었다. 인기척을 느꼈는지 희수가 돌아다보았다.

"어, 안녕? 일찍 왔네."

이번에도 희수가 먼저 인사를 건넸다. 현우는 희수가 많고 많은 주유소 중 하필이면 자기네 주유소에 들른 것을 화제로 삼을 줄 알았다. 그런데 인사만 하고는 책으로 고개를 돌렸다.

네가 먼저 남자답게 말해. 현우는 자신을 부추겼다. 네가 한 시간 일찍 온다고 해서 일부러 일찍 온 거야, 라는 말이 입을 떠나는 순간 다음과 같이 바뀌었다.

"뭐, 학교가 일찍 끝나서…… 갈 데도 없고 해서……."

'나 너한테 관심 있어. 우리 사귈래?'는커녕, 목소리가 떨리는 걸 감추기에 급급했다. 현우는 마치 목에 문제가 있다는 듯 흠흠, 하고 헛기침을 한 뒤 겨우 물었다.

"뭘 그렇게 열심히 봐?"

"이거? 후기 인상파 화가들 도록이야. 너는 어떤 화가 좋아해?"

희수가 물었다.

좋아하는 화가? 누구를 좋아하지? 그림을 봐서인지 현우 머릿속에 고흐밖에 떠오르지 않았다. 하지만 초등학생도 알 만한 화가라서 말하기 싫었다. 구스타프 클림트, 에곤 실레, 에드워드 호퍼 등의 이름을 대면 좀 있어 보이겠는데 사실은 그들에 대해선 고흐만큼도 아는 게 없었다. 고흐에 대해서도 남들 다 아는 만큼밖에 모르지만.

현우는 공을 슬쩍 넘겼다.

"너는?"

"나는 고흐가 젤 좋아."

희수가 망설임 없이 대답했다.

"어, 나도 그런데."

현우는 그제야 말했다.

"정말? 너도 고흐 좋아하는구나!"

예상치 못한 반색에 현우는 희수와의 사이가 성큼 가까워진 것 같았다.

"나 있지, 프랑스에 갈 거다."

둘밖에 없는데 희수는 속삭이듯 말했다. 고흐 그림 속의 별들이 들어앉은 것처럼 눈이 반짝였다.

"유학?"

"아니, 여행."

유학이 아니라 여행이라니 마음이 놓였다.

"언제?"

현우는 희수가 당장 내일이라도 떠날 것 같아 조급해졌다.

"지금 열심히 돈 모으고 있어."

"뭐? 부모님이 보내 주는 게 아니고?"

"내 힘으로 갈 거야."

왜 자기네 주유소에서 일했는지 알 것 같았다. 그런 희수가 멋져 보였다.

"얼마나 있다 오는데?"

"여행 비자로 가면 90일밖에 못 있는데, 다른 나라에 다녀오는 방식으로 90일 더 연장할 수 있다니까 일해서 돈 벌 수 있음 더 버텨 보려고."

관광 차원의 가벼운 여행이 아니었다.

"무슨 여행을 그렇게 오래 해?"

"못 버티고 며칠 만에 올지도 모르지, 뭐. 프랑스에 가면 고흐가 머물렀던 파리랑 아를이랑 생 레미까지 다 가 볼 거다. 암스테르담에 있다는 고흐 박물관에도 갈 거고."

현우는 신기한 마음으로 희수를 바라보았다.

여행을 마음대로 계획할 수 있는 열여덟 살은 처음 보았다. 현우의 열여덟 살은 대학을 위해 저당 잡혀 있었다. 현우뿐 아니라 현우가 아는 아이들은 거의 다 그랬다. 열여덟 살은 스무 살로 가는 길목으로써 존재할 뿐이다. 입시 준비 이외의 것은 모두 대학 합격 뒤로 유보하는 현실을 당연하게 생각해 왔다. 현우는 대책없어 보이는 희수가 놀랍다 못해 걱정스러웠다.

"고흐 그림을 진짜로 볼 걸 생각하면 너무 기대돼."

희수가 기도하듯 손을 모았다.

"너무 기대 마라. 외국에서 들여온 유명 미술전 안 가 봤냐? 진짜로 보면 실망할 거다."

현우는 희수의 설레는 표정에 공연히 심통이 났다.

"그럴지도 모르지. 그래도 상상만 하고 있는 것보단 가 보고 실망하는 게 낫지 않아?"

프랑스를 마치 옆 동네인 것처럼 말하는 희수는 어려운 게 없는 아이 같았다.

정현우. 이쯤에서 멈추는 게 좋겠어. 역시 너랑은 다른 부류의 아이야. 학교도 안 다니고 제멋대로 사는 아이와 사귀어서 뭘 어쩌겠다는 거야? 마음 한 귀퉁이에서 들려오는 목소리를 현우는 못 들은 척했다.

"누구랑 같이 가?"

"혼자."

"혼자? 불어 할 줄 알아?"

"열심히 공부하긴 하는데 잘 안 돼. 보디랭귀지로 어떻게든 해 봐야지, 뭐."

무모한 건지, 용감한 건지 현우는 판단이 잘 서지 않았다.

"너희 부모님은 순순히 허락해 주셨어?"

"넌 모든 일을 허락받고 해?"

'그럼 넌 아냐?'

현우는 일어서는 희수의 머리에서 훅 끼친 샴푸 냄새에 그 말을 꿀꺽 삼켜 버렸다. 그러고는 대신 이렇게 말했다.

"이따 집에 갈 때 같이 갈래?"

"너희 엄마가 데리러 오시잖아."

"아니야. 오늘 일이 있어서 못 오셔. 올 때도 지하철 타고 혼자 왔어."

현우는 희수에게 더는 마마보이처럼 보이고 싶지 않았다. 엄마한테 댈 핑계는 그림 그리면서 만들어도 늦지 않았다.

"그래, 좋아. 같이 가 줄게!"

희수가 웃었다.

아이들이 하나둘씩 들어오기 시작했다. 현우는 콧노래를 흥얼거리며 이젤을 세웠다. 반쯤 그린 줄리앙이 씩 웃었다.

"정현우, 가자!"

남들이 듣거나 말거나 희수가 말했다. 둘은 함께 학원을 나섰다. 몇몇 아이들이 대놓고 장난기 섞인 야유를 보냈다. 하지만 현우는 그게 선망의 다른 표현이란 걸 잘 알았다.

지하철을 타자마자 운 좋게 자리가 났다. 현우와 희수는 나란히 앉았다. 다음 정거장에서 덩치 좋은 사람이 앉자 자리가 좁아져 둘은 바짝 붙게 됐다. 현우는 희수와 닿은 부분으로 온 신경이 쏠려 숨도 편히 쉴 수 없었다. 하지만 몸을 딱 붙이고 앉아 있으니 더할 수 없이 좋았다.

갑자기 희수가 가방에서 스프링 노트와 연필을 꺼내더니 무언가를 그리기 시작했다. 현우는 학원 선생님한테서 지하철이 크로키 하기 좋은 장소라는 이야기를 숱하게 들었지만 실제로 실행에 옮긴 적은 한 번도 없었다. 지하철을 탈 일도 거의 없거니와 있다고 해도 공공장소에서 그림을 그릴 용기가 나지 않았다. 그런데 입시 미술을 하는 것도 아닌 희수가 지하철에서 크로키를 할 줄은 몰랐다.

현우는 그림을 그리는 희수의 팔꿈치가 옆구리를 쿡쿡 찌르는 것을 기분 좋게 즐기며 노트를 내려다보았다. 희수는 맞은편에 앉은 사람들의 무릎부터 발까지만 죽 그려 나갔다. 앉음새도 각각인 채 지하철 바닥에 놓인 발들마다 각기 다른 하루의 고단함이 느껴졌다. 학원에서 하는 석고 데생 실력은 그저 그런 것 같았는데 크로키 하는 걸 보니 특징을 잡아 내는 관찰력과 표현력이 뛰어났다.

"너, 전에 다른 학원 다녔어?"

"아니. 왜?"

"잘 그려서."

"학원에 다닌 적은 없지만 어렸을 때부터 엄마 따라 그림 그리면서 놀았어."

"엄마 그림 하셔?"

"예전에."

그래서 교육 방식이 보통 부모들과 다른 건가? 현우는 궁금한 게 많았다.

"그림도 잘 그리는데 왜 입시 준비 안 해?"

"그림을 꼭 대학에 가서 그려야만 하는 건 아니잖아."

"그게 아니라, 남들 다 하는 걸 굳이 안 할 것도 없잖아."

"나는 남들 다 하니 나도 해야겠다는 생각은 안 드는걸."

"그럼 그림은 계속 취미로만 그릴 거야?"

현우는 정말 궁금했다.

"입시를 하지 않으면 취민 거야?"

"그런 거 아닌가?"

"난 그림 그리는 게 좋아. 뭘 하면서 살든 그림은 평생 그릴 거야."

"화가가 되겠다는 것도 아니고. 인생 참 대책 없이 산다."

현우는 보통 아이들과 너무 달라 도무지 종잡을 수 없는 희수에게 아련한 안타까움 같은 것을 느꼈다. 남들처럼 희수와 함께 입시를 준비하고, 함께 대학에 가고 싶었다.

"그럼, 네 인생 대책은 뭔데?"

희수가 손을 멈추고 현우를 바라보았다.

엄마는 현우가 배고픈 예술가가 되기를 바라지 않았다.

"요새같이 취직하기 어려운 시대에 미대 나오면 학원이라도 차릴 수 있잖아."

인생 플래너인 엄마가 정해 준 진로이니 학원도 차려 줄 거라고 현우는 믿었다.

"강남에서 제일 큰 미술 학원 차릴 거다."

그냥 학원이라고 말하면 어쩐지 초라해 보여 현우는 배포를 부렸다. 희수가 풋, 하고 웃었다.

"뭐야, 정현우. 잘못 봤네!"

잘못 봤다고? 왜? 뭘? 현우가 물으려는데 희수가 벌떡 일어섰다.

"어, 난 여기서 내려야 해. 안녕! 다음 주에 보자."

희수는 막 닫히려는 문을 아슬아슬하게 빠져나갔다. 질문을 하거나 따라 내릴 새도 없이. 현우는 창밖으로 멀어지는 희수를 바라보기만 했다. 휴대폰 번호도 묻지 못했다는 걸 그제야 깨달았다.

현우는 엄마 차에서 기름 영수증 모아 놓은 걸 뒤져 희수네 주유소 전화번호를 알아냈다. 하지만 남자가 받는 바람에 깜짝 놀라 아무런 말도 못 한 채 끊고 말았다. 주말 내내 포털 사이트들을 돌아다니며 검색해 봤지만, 블로그나 카페 등 어디에서도 희수의 흔적은 발견할 수 없었다. 현우는 희수가 당장이라도 훌쩍 떠나 버릴 것만 같아 불안했다.

희수를 볼 수 있는 화요일이 너무 멀게만 여겨지는 월요일, 현우는 난생처음 학교 도서관에 가서 고흐의 평전을 빌렸다. 고흐의 무엇이 그렇게 희수를 사로잡는 걸까? 책 안에 해답이 있기라도 한 양 현우가 차 안에서도 열심히 책을 읽자 엄마가 물었다.

"중간고사가 낼모렌데 무슨 책이야?"

현우는 대답 대신 책 표지를 들어 보였다.

"수행평가 있어?"

"그냥 읽는 거야."

"그냥? 왜?"

"미술 한다면서 고흐쯤은 상식으로라도 알고 있어야 하잖아. 너무 몰라서 쪽팔린단 말이야."

"쪽팔려? 누구한테?"

엄마 눈길이 날아와 꽂혔다.

"누, 누구한테긴. 그냥 그렇다는 말이지."

"수행평가 아니면 나중에 읽고, 시험공부 좀 해. 그림도 안 느는데 내신이라도 올려 놓아야 할 거 아니야."

엄마가 말했다.

"책도 마음대로 못 읽어?"

현우는 버럭 화를 냈다. 그러고는 내친김에 말했다.

"내일부턴 학원에 지하철 타고 갈 거예요."

"왜?"

"선생님이 지하철에서 크로키 연습 하래."

현우는 살피는 듯한 엄마의 눈초리를 모르는 척했다.

고흐가 그림에 보인 열정에는 궁핍과 궁상이 그림자처럼 따라다녔다. 고통에 뿌리를 담그고 피어난 고흐의 그림들이 전과 다르게 보이기는 했지만, 열정이 멋있어 보이지는 않았다. 죽은 다음에 아무리 유명해지고 그림값이 오른들 무슨 소용이 있나 싶었다. 오히려 무덤 속에서 억울할 것 같았다. 그런 고흐의 무엇이 도대체 희수를 프랑스까지 가게 하는지 현우는 여전히 알 수 없었다.

한없이 더딘 걸음으로 화요일이 왔다. 현우는 심호흡을 하고 실기실의 문을 열었다. 책을 읽던 희수가 돌아다보았다. 그러고는 환하게 웃었다. 또다시 처음인 것처럼 가슴이 쿵쿵 뛰었다. 지난 며칠간 주체할 수 없는 그리움으로 출렁거리던 마음이 화석처럼 굳어 버려 현우는 꼼짝도 할 수 없었다. 내내 연습했던 고백의 말도 그 안에 함께 갇혀 버렸다.

희수가 일어서더니 다가왔다. 얼른 말해. 현우는 자신을 채근했지만, 입이 떨어지지 않았다. 가까이 다가온 희수가 "주땜므!" 하곤 지나갔다.

현우는 화장실로 가서 고등학교 때 제2외국어로 프랑스어를 배운 누나한테 주땜므가 뭐냐고 문자를 보냈다. 곧 답장이 왔는데 '사랑해 ㅋㅋ'라고 씌어 있었다.

"난 네가 말이 없는 게 생각이 많아서일 거라고 생각했어. 이제 보니 속은 것 같지만 말이야. 아무튼 그래서 떠벌이며 치근거리는 애들보다 내가 있는지도 모르는 것 같은 네가 더 괜찮아 보이더라. 여행 가기 전까지 그냥 혼자 좋아하려고 했는데."

희수가 뒷걸음질하며 말했다. 바람결에 꽃향기가 코끝을 스쳤다. 온 세상이 향기로 가득 찬 것 같았다.

"그렇게 하지 왜 말했어?"

현우는 이런 이야기를 이렇게 행복한 기분으로 할 수 있으리라고는 상상조차 하지 못했다.

"나중에 후회하게 될까 봐 했다, 왜."

"말한 걸 후회하면?"

"그래도 안 한 걸 후회하는 것보단 낫겠지, 뭐."

현우는 자기가 먼저 고백하지 않기를 잘했다고 생각했다. 학원 남자애들 모두 한 번씩은 기웃거려 봤을 아이한테 먼저 고백을 받았다는 사실에 어깨가 치솟았다.

하지만 희수와 사귀는 일에는 난관이 많았다. 현우는 가장 큰 장애물인 엄마를 넘기 위해 학교에서, 지하철에서 열심히 크로키를 했다. 엄마는 현우의 크로키북을 넘겨 보며 이제 철이 드는 모양이라고 좋아했지만 언제 예민한 촉이 발휘될지 몰랐다. 시간도 만만찮은 걸림돌이었다. 학교에 다니는 현우나 안 다니는 희수나 바쁘기는 마찬가지였다. 하지만 그런 어려움들이 희수에 대한 마음을 더욱 애틋하게 만들었다.

현우는 희수가 학원에 오는 날, 중간에서 미리 만나기 위해 마을버스를 타는 번거로움쯤은 기쁜 마음으로 감수했다. 버스에서 내린 현우는 지하철 입구에서 희수를 기다렸다. 아무리 사람이 많아도 희수는 금방 눈에 띄었다. 노란 머리 덕분이었다. 아직 희수는 보이지 않았다. 현우는 휴대폰 액정 화면에 자기 모습을 비춰 보며 앞머리를 손질했다.

"누구한테 잘 보이려고 그래?"

옆에서 희수 목소리가 들려왔다.

"어? 너!"

소리 난 쪽을 바라보던 현우는 깜짝 놀라 입을 다물지 못했다. 희수의 검은 머리가 노란 머리보다 낯설어 보였다. 하지만 얼굴이 더 조그맣고 더 하얘 보였다. 현우는 침을 꿀꺽 삼켰다.

"머리 어떻게 된 거야?"

"나, 주민등록증 사진 찍었다. 그래서 검게 물들인 거야. 어때? 괜찮아?"

희수가 머리를 이쪽저쪽 돌려 보였다.

"훨 낫다. 앞으론 그렇게 하고 다녀. 괜한 오해 받지 말고."

"오해? 무슨 오해?"

"사람들이 널 날라리로 보는 거 몰라?"

그런 희수와 교복 차림으로 함께 다니는 것 자체가 용기였다. 현우는 그 용기가 좋아하는 감정에서 비롯됐음을 희수가 알아주길 바랐다.

"그치만 너 조금 아까 나 몰라봤잖아. 너보다 먼저 와 있었는데."

"야, 그건 노란 머리만 찾았으니까 그렇지."

"아무튼 난 사람들이 내가 있다는 걸 모르는 게 싫어."

희수가 말했다.

'내가 알아주면 됐지, 꼭 그렇게 남들한테까지 주목받아야겠어?'

현우는 그렇게 말하고 싶었지만 낯간지러워 참았다.

"내가 오늘 주민등록증 만든 기념으로 한턱 쏠게. 저기 패스트푸드점 있다."

희수가 앞장섰다. 기념이라고? 희수의 뒷모습을 바라보던 현우는 슬며시 솟아오른 생각에 가슴이 뛰기 시작했다. 더는 상상만 하고 싶지 않았다. 학원 친구 정기가 진전 없는 사이를 놀리는 것도 자존심 상했다.

“넌 민증 나왔어?”

햄버거를 먹으며 희수가 물었다.

“통지서는 왔는데 아직 못 만들었어.”

“나도 통지서는 봄에 받았는데, 만들러 갈 시간이 없어서 이제야 신청했어.”

“민증 받으면 넌 뭘 젤 하고 싶어?”

현우가 떠보듯이 물었다.

“너무 많아서 뭐부터 말해야 할지 모르겠어.”

희수는 설레는 표정이었다. 그 일 중에 나와 연관된 것도 있을까? 현우도 덩달아 설렜다.

“나도 기념 선물 주고 싶은데.”

현우 마음에 떠오른 선물은 커플링이었고, 그보다 더 앞선 상상은 키스였다.

“선물? 무슨 선물?”

희수가 빨대로 콜라를 마시다 말고 빤히 바라보았다. 현우는 속내를 들킨 것 같아 쩔쩔매며 말했다.

“가, 갖고 싶은 거 있음 말해. 나 돈 많아. 어렸을 때부터 어른들한테 받은 세뱃돈 모아 둔 통장이 있거든.”

당황하는 현우의 모습이 재미있는지 희수가 웃었다.

"저, 정말이야. 휴대폰 사 줄까? 최신형은 안 되고 좀 싼 건 사 줄 수 있어."

이런 바보, 뭐라는 거야. 속으로 자책하는데 희수가 가만히 바라보다 말했다.

"고마워. 하지만 휴대폰은 필요 없어."

"널 위해서가 아니라 내가 답답해서야. 요새 휴대폰 없는 애가 어딨냐?"

그건 사실이었다. 희수한테 연락 오기만을 기다려야 하는 것도 어려움 중 하나였다.

"나, 곧 프랑스로 떠날 거야."

만일 서 있었다면 주저앉았을 만큼 현우의 온몸에서 힘이 쪽 빠졌다. 프랑스에 간다는 건 그냥 하는 말이거나 한참 뒤의 일일 줄 알았는데.

"언제?"

현우는 콜라를 한 모금 마신 뒤 겨우 물었다.

"여권 만들고 비행기 표 사는 대로. 현우야, 너 외국 가 봤어? 난 첨이라 너무 설레."

"처음이라고? 너 유학 다녀왔잖아?"

현우 말에 희수는 어리둥절한 표정을 했다.

“유학? 난 아직 비행기도 못 타 봤는데.”

현우는 입에 남아 있던 얼음을 꿀꺽 삼켰다. 명치가 뻐근했다. 유학 다녀온 게 아니라고? 그럼 학교는 왜 안 다니는 거지?

“어디서 그런 말을 들었는진 모르겠지만 그게 진짜였음 좋겠다. 당당한 척했는데 사실은 혼자 외국 가는 거 되게 겁난다.”

희수가 웃으며 말했다. 현우는 속았다는 기분이 들어 함께 웃을 수 없었다. 현우는 학원에 닿도록 아무 말도 하지 않았다. 희수도 조용했다.

희수가 학원 비상구 계단에서 두어 칸 위에 서더니 현우 뺨에 입을 맞추었다. 현우는 몸이 얼어붙는 것 같았다.

“주민등록증 만든 기념이야. 고마워. 네 덕분에 좋은 기억 가지고 떠날 수 있게 됐어.”

그 말을 남기고 희수는 계단을 뛰어 올라가 버렸다.

수천 번도 더 상상한 순간이었는데. 현우는 울고 싶어졌다.

현우는 중간고사를 핑계로 학원에 나가지 않았다. 혼란스러운 감정을 추스르기 힘들었다. 하루는 어차피 헤어져야 하는데 잘됐다 싶었다가 다음 날은 희수가 못 견디게 보고 싶었다. 따지고 보면 희수가 현우를 속인 건 아니었다. 왜 그런 소문이 났는지 모르겠지만 현우가 아는 희수는 솔직한 아이였다.

정현우. 희수에 대한 마음이 고작 그만큼이야? 설령 희수가 거짓말을 했다고 해도 네가 이해하고 감싸 주지 않으면 누가 하겠어? 현우는 비로소 진정한 남자 친구가 된 듯 가슴이 벅차올랐다.

일주일 만에 학원에 가니 희수 자리가 비어 있었다. 아이들이 현우를 힐끗거리며 수군거렸다. 정기가 현우를 끌고 복도로 나갔다.

"어떻게 된 거야? 그 자식 누구래?"

현우가 영문을 몰라 하자 정기가 그럴 줄 알았다는 얼굴로 이야기를 쏟아 냈다.

"너, 어떤 자식이 학원으로 희수 찾아왔던 거 모르는구나. 보통 사이가 아닌가 보더라."

희수는 애들이 보건 말건 남자애를 끌어안았다고 했다. 그리고 그날 이후 학원에 나오지 않는다고 했다.

"그날이 학원 마지막 날이었다는데. 너한테도 그만 다닌다는 소리 안 했지? 희수 그게 너처럼 순진한 놈 사귈 때부터 알아봤다. 맘 놓고 양다리였던 거야."

아무 말도 들리지 않았다. 질투심, 배신감, 수치심이 뒤섞인 감정이 회오리바람처럼 현우를 휘감았다. 돌이켜 보니 수상한 점이 많았다. 학교 다니는 현우보다 더 시간이 없는 것도 이상했고, 자기가 걸 테니 주유소로 전화하지 말라던 것도 현우를 따돌리기 위해서였던 거다. 그런 줄도 모르고 많은 걸 감수하며 희수에 대한 마음을 지키려 했던 게 화가 났다.

현우는 당장 희수를 만나 따지고 싶었지만 어금니를 깨물며 참았다. 죽어도 먼저 희수를 찾아가고 싶지 않았다. 마지막 자존심이었다. 하지만 희수에게서는 계속 연락이 없었다. 만나서 욕설이라도 퍼붓고 싶다가 이대로 다시는 못 만날 걸 생각하면 보고 싶어 참을 수가 없었다.

이를 악물고 견디던 현우는 결국 학교가 끝나자마자 주유소 근처로 달려가 전화를 했다.

"희수요? 그만뒀는데요."

젊은 남자가 대답했다.

"그만뒀다고요? 거기 희수네 주유소 아니에요?"

현우가 물었다.

"글쎄, 그만뒀다니까요. 집으로 전화해 보세요."

"지, 집요? 전화번호가 어떻게 돼요?"

젊은 남자가 번호를 알려 주었다.

숫자를 누르는 손이 덜덜 떨렸다. 발신음이 울리는 동안 숨이 멎을 것 같았다.

"네, 제일 고시원입니다."

웬 아주머니 목소리였다.

현우는 잘못 건 줄 알고 끊었다가 다시 했지만 같은 곳이었다. 주유소가 아니라 고시원 집 딸이야? 하긴 희수 입으로 자기네 집이 주유소를 한다고 말한 적은 없었다.

"거기 윤희수 있어요?"

현우가 조심스레 물었다.

"희수는 조금 아까 나갔는데. 누구세요?"

희수 엄마인가? 현우는 학원 친구라고 말하곤 고시원의 위치를 물었다. 그리고 학원 대신 그곳으로 갔다. 이 기분으로는 그림을 그릴 수 없을 것 같았다. 희수 정체를 확실하게 알아야 마음도 정리할 수 있다.

고시원은 큰길에서 한참 들어간 골목에 있는 허름한 3층짜리 건물이었다. 부잣집 딸이라더니 낡아 빠진 고시원 집 딸인 거야? 고시원 앞에서 다시 전화를 걸었지만, 희수는 아직 들어오지 않았다. 현우가 골목에서 서성거리고 있는데 고시원에서 할머니라기엔 젊고 아줌마라기엔 나이 든 분이 나왔다. 희수의 엄마일 것 같지는 않았다. 빈 병들을 분리 수거함에 넣던 아주머니가 현우를 보곤 말을 걸었다.

"혹시 전화로 희수 찾던 학생이야?"

현우가 그렇다고 하자 아주머니가 더운데 들어와서 기다리라고 했다. 현우는 1층에 있는 사무실로 따라 들어갔다. 아주머니가 냉장고에서 드링크제를 하나 꺼내 주었다.

"희수가 남자 친구 생겼다고 하더니 그 친군가 보네."

현우는 그 남자 친구가 자신인지, 학원에 찾아왔다는 녀석인지 몰라 쓴웃음을 지었다.

"이렇게 착하게 생긴 남자 친구가 생겨서 내 마음이 다 좋네. 희수 걔가 갑자기 부모를 잃는 바람에 힘들어하다가 학교를 그만뒀지만, 똘똘하고 야무지기가 어디 내놔도 안 빠지는 애야. 어려서부터 봐서 내가 잘 알아."

아주머니는 심심하던 차에 잘됐다는 듯 묻지도 않는 말을 펼쳐 놓았다. 현우는 그중 귓속을 파고드는 대목에 놀라 물었다.

"희수네 부모님이 돌아가셨다고요?"

"몰랐어? 교통사고로 세상 뜬 게 벌써 4년 전인데."

"그럼, 여기 희수네 집 아니에요?"

"희수네 집 맞지. 옥탑방에 살고 있으니까. 친척 집에 갔다 다시 이 동네로 온 지 2년 됐어."

현우는 이제 놀랍기는커녕 헛웃음이 나올 지경이었다. 그런 희수를 자기네 주유소에서 일하는 자립심 강한 아이로 생각했다니. 프랑스에 간다는 말도 믿기 어려웠다.

희수를 만나고 싶은 마음이 사라졌다. 막 일어서려는데 전화벨이 울렸다. 아주머니가 수화기를 들었다.

"제일 고시원입니다. 아이고, 희성이냐? 희수 아직 안 들어왔어."

현우는 귀가 쫑긋 섰다.

"희수 속 좀 그만 태우고 어여 들어와. 오빠가 돼서 동생한테 힘이 돼 주지는 못할망정 그러는 거 아냐. 그 어린 게 혼자 외국 갈 날도 얼마 안 남았는데 오빠가 배웅해 줘야지. 미워하기는. 아냐. 희수가 지난번 너 왔다 간 뒤 펑펑 울면서 말하더라. 너는 제가 얼마나 엄마 아빠한테 사랑받는 딸이었는지 기억하는 유일한 사람이라고. 그래서 미워할 수가 없다고. 그 말을 듣는데 가슴이 아파서 죽을 뻔했어."

아주머니 말에 '난 사람들이 내가 있다는 걸 모르는 게 싫어.'라던 희수 목소리가 떠올랐다. 그래서 물들인다는 노란 머리도 함께 떠올랐다. 응달에 내놓은 듯 마음이 시려 왔다. 현우는 벌떡 일어섰다. 희수에 대해 더 알고 싶지 않았다.

고시원을 나온 현우는 건물을 올려다보았다. 옥상 귀퉁이에 방이 하나 올라앉아 있었다. 유학 갔다 온 것도 아니고, 주유소 집 딸도 고시원 집 딸도 아닌, 학교 안 다니며 주유소 알바를 하는, 허름한 옥탑방에 사는 부모 없는 아이 희수. 그게 희수였다. 배경을 보고 좋아했던 건 아닌데 현우는 맥이 빠졌다. 어디선가 질문 하나가 들려왔다. 배경 보고 좋아했던 게 아니라고? 처음부터 희수가 그런 애인 줄 알았어도 좋아했을까? 현우는 자신 있게 그렇다고 대답할 수 없었다. 그럼 희수에게 향하던 설레고 애틋하고 행복하던 감정은 다 뭐였지? 모두 가짜였으니 지워 버려야 하는 건가? 그런데 지워 버리는 상상만으로도 가슴이 도려내는 것처럼 아팠다.

정류장으로 가던 현우는 버스에서 내리는 희수를 보고 순간 자기도 모르게 몸을 숨겼다. 마음보다 몸이 먼저 한 일이었다. 희수는 아직 검은 머리였다.

지필평가와 모의고사, 공모전을 치르며 학교와 학원을 오가는 사이 어제와 오늘, 그리고 내일이 다름없이 흘러갔다. 달라진 게 있다면 급할 때가 아니면 이젠 엄마 차를 타지 않는 거다. 지하철에서 현우는 가끔 크로키를 했다.

어느 날, 현우는 학원으로 온 희수의 엽서를 받았다. 고흐의 그림이 담긴 엽서였다.

여긴 고흐가 마지막 생을 살았던 생 레미야. 이곳에 오는 건 내가 자신에게 낸 첫 번째 숙제였어. 함께 고흐의 자취를 따라 여행하자던 엄마와의 약속을 지키는 일…….

여기선 고흐의 그림에서 넘실거리던 햇살을 느낄 수 있어. 그토록 절망적인 시기에 고흐는 어떻게 그렇게 기쁨과 생명력이 넘치는 그림을 그릴 수 있었을까? 여기 와서야 비로소 알 것 같아. 이 격정적인 천재는 결코 고통을 피하거나 굴복하지 않고, 불평하지도 않았으며, 포용하고, 이해하고, 사랑했던 것 같아. 그리고 예술로 승화시켰겠지. 그렇기에 우리는 그의 광기마저도 순수한 열정으로 기억하며 감동받는 거겠지.

난 여기서 아무것도 안 하며 지내. 내가 여기 왔어야만 했던 필연적인 이유를 순간순간마다 깨닫는 일만으로도 너무 벅차거든. 이 기분을 너도 느낄 수 있다면! 네가 이 엽서를 받을 즈음이면 난 파리로 돌아가 있을 거야. 파리에서 주얼리 디자인을 공부하는 유학생 언니를 만났는데, 그 언니 도와서 알바할 거야. 근처 한인 교회에서 불어도 배울 계획이고.

추신.

난 여전히 검은 머리다. 여기선 검은 머리가 더 눈에 잘 띄기도 하지만, 노란 머리보다 훨씬 더 낫다는 네 말이 잊히지 않아서야.

- 생 레미에서, 희수

늑대거북의 사랑

1

누구에게나 인생에 하루쯤은 온전히 자신을 위해 써도 좋을 권리가 있다. 아무리 시험을 코앞에 둔 고등학생이라고 해도 말이다. 민재는 효진 샘과 통화를 하고 난 뒤, 투명한 햇살이 화단의 노란 국화를 비추는 10월 3일을 그런 날로 삼았다.

독서실은 공원을 가로질러 나오는 길 건너편에 있었다. 공원이 가까워지자 텅텅, 농구공 튀기는 소리가 들려왔다. 공휴일 이른 아침에 농구장에 와 있다면 농구를 무척 좋아하는 사람일 거다. 텅텅. 깊은 동굴에 떨어지는 물방울 소리처럼, 그 소리는 민재의 마음속에서 메아리치더니 혈관을 타고 흐르며 애써 재워 둔 혈기를 깨웠다.

엄마는 민재가 공부하다 머리 식히는 정도의 운동만 하기를 바랐지만, 학교에서 쉬는 시간에 하는 농구와 길거리 농구는 회전목마와 롤러코스터만큼이나 차원이 달랐다. 민재는 길거리 농구 대회에서 우승하기 위해 상대편뿐만 아니라 엄마와도 치열한 싸움을 벌이며 중학교 3학년을 보냈다.

쉬는 시간에 하는 농구조차도 포기한 지금, 빼앗긴 영토라도 되는 양 쓰린 마음으로 농구장 옆을 지나치던 민재는 깜짝 놀라 멈춰 섰다. 농구를 하는 사람이 현우였기 때문이다. 현우는 공포의 '엄친아', 즉 엄마 친구 아들이다. 같은 아파트 단지에 살 뿐 마주치는 일도 거의 없는 현우에 대해 시시콜콜 알게 된 건 엄마가 전해 주는 이야기 때문이었다.

엄마는 현우가 자기 엄마 말을 잘 듣는 착한 아들임을 강조했지만, 보통은 반대를 무릅쓰고 선택하기 마련인 미술조차 엄마가 시켜서 한다는 현우가, 민재는 마음에 들지 않았다. 엄마들은 남자 형제가 없는 민재와 현우가 형제처럼 어울려 지내길 바랐으나 성격도 취미도 다른 둘은 오랜 시간이 지났어도 여전히 소원한 사이였다.

그런 현우가 농구 하는 모습을 보니 마음이 이상했다. 그런데 다시 보니 현우는 농구를 한다고 할 수도 없었다. 그저 골대 아래서 농구공을 텅텅 튀기고 있을 뿐 생각은 다른 데가 있는 것 같았다.

'마마보이 찐따가 웬 농구? 엄마가 운동 좀 하라고 시켜서 억지로 나왔나 보지.'

민재가 피식 웃으며 걸음을 떼어 놓는데 휴대폰 진동이 울렸다. 공휴일이니 중학교 때 멤버 중 누구 하나가 농구 하자고 보낸 문자일 것이다. 실력 있는 포인트 가드의 이탈로 전력이 약해진 그들은 지치지도 않고 민재를 유혹하고 회유했다. 거절할 생각만으로도 갈퀴로 긁는 것처럼 마음이 쓰렸다. 문자를 확인하던 민재는 눈이 휘둥그레져 다시 액정 화면을 들여다보았다.

- 민재야, 나 효진 샘이야. 잊은 건 아니겠지?

잊고 있었다. 하지만 그 순간, 메시지의 글자 하나하나가 열쇠라도 되는 양 기억 창고의 문이 스르르 열렸다.

효진은 민재의 영어 과외 선생님이었다. 민재는 열세 살이나 더 많은 효진 샘을 짝사랑했지만, 변태에 미친놈이란 소리를 들을까 봐 친한 친구한테도 마음을 털어놓지 못했다. 선생님에게는 더더욱. 선생님에게는 8년이나 묵은 첫사랑 애인이 있었다. 민재가 '첫사랑은 이뤄지지 않는다.'라는 속설을 맹신하며 잭의 콩나무처럼 쑥쑥 자라 효진 샘에게 남자로 우뚝 서고자 몸부림 치는 사이, 샘은 그새를 못 참고 과외를 그만둬 버렸다.

솔직히 기억 창고가 열렸다고 해서 그때의 감정까지 고스란히 되살아난 건 아니었다. 오히려 감정은 기억 속에서 시나브로 물기를 잃어 마른 꽃처럼 바삭거렸다. 말도 없이 그만둬 버린 선생님에게 기억 못 하는 척 복수하고 싶었지만, 엄지손가락이 먼저 대답하고 있었다.

- 안녕하세요? 당연히 기억하죠!

답 문자 대신 진동음이 울렸다. 민재는 큼큼, 목을 가다듬고 전화를 받았다.

"민재야, 오래간만이야! 잘 지냈지?"

선생님은 일주일 만에 전화하는 사람 같았다. 그간의 공백을 싹둑 자르며 다가온 목소리는 민재의 시간까지 단숨에 잘라 냈다. 결번이라는 안내 음성이 시린 얼음 조각이 되어 가슴을 찌르던 일이 방금 전인 것처럼 생생했다. 해일처럼 밀려온 반가움이 가슴에 부딪히며 원망으로 바뀌었다. 작별 인사는커녕 예고도 없이 그만뒀으면서 아무 일도 없었던 것 같은 목소리로 전화해 오다니.

"그런 법이 어디 있어요?"

민재는 자기도 모르게 볼멘소리가 튀어나왔다. 아, 이게 아닌데.

"민재야, 그동안 연락 못 해서 정말 미안해. 울프, 많이 보고 싶었지?"

기억 너머로 울프가 목을 쭉 빼고 머리를 휘저었다.

"울프요? 울프 얘긴 왜, 그럼 울프 가져간 사람이……."

말이 제대로 나오지 않았다.

"그래, 나야. 말 안 해서 미안해."

민재는 한 대 맞은 듯 머릿속이 휘청했다. 시험을 앞두고 엄마가 울프를 줘 버린 누군가가 선생님일 줄은 까맣게 몰랐다.

이럴 수는 없는 거야! 이성은 불같이 화를 내라고 채근하는데, 따뜻한 물결이 마음 기슭을 핥으며 밀려들었다. 내가 잊고 있었던 동안 선생님이 울프를 돌봐 주었구나.

"울프…… 지금도 있어요?"

울프를 잊고 있었다는 죄책감에 민재가 조심스레 물었다.

"그럼, 얼마나 많이 컸는데. 이제 등갑 길이가 삼십 센티도 넘어."

"정말요?"

민재는 자기도 모르게 소리를 질렀다. 그 소리에 놀란 가슴이 툭탁거리며 뛰었다. 자신이 부운영자였던 카페에 어떤 회원이 올렸던 등갑 30센티미터의 늠름한 늑대거북이 떠올랐다. 울프를 그렇게 키우는 게 그 당시 민재의 꿈이었다.

"그래, 많이 컸지? 실은 울프 때문에 전화한 거야. 이젠 못 키울 것 같아서 너하고 의논하려고."

"거기 어디예요? 당장 데리러 갈게요."

민재는 앞뒤 재지 않고 말했다.

"여기 충북 괴산인데 올 시간 있어?"

누구에게나 인생에 하루쯤은 온전히 자신을 위해 써도 좋을 권리가 있다. 아무리 시험을 코앞에 둔 고등학생이라고 해도 말이다, 라고 민재는 생각했다.

"지금 갈게요. 어떻게 가면 돼요?"

울프에 대한 그리움과 반가움이 범벅된 마음이 라면 넣기 직전의 물처럼 끓어올랐다. 그 속에는 울프만큼이나 쑥 자란 자신을 선생님에게 보여 주고 싶은 마음도 있었다. 훌쩍 큰 키를 보면 예전처럼 어린아이 취급을 하지는 않을 거다. 민재는 선생님이 눈부신 표정으로 성큼 자란 자신을 보는 것만으로도 짝사랑을 보상받을 수 있을 것 같았다.

선생님은 괴산 터미널까지 오면 데리러 오겠다고 했다. 흥분해서 전화를 끊은 민재는 곧 점심값밖에 없는 주머니를 떠올리며 낙담했다. 그 돈으로는 가는 차비도 되지 않을 거다. 슬리퍼도 걸렸다. 집에 가서 신발을 갈아신고 엄마한테 돈을 더 탈까? 무슨 핑계로 더 달라고 하지? 궁리하는데 농구공이 날아왔다. 민재는 본능적인 감각으로 공을 받아 주위를 둘러보았다. 현우가 던진 거였다.

"몇 번씩 불러도 못 듣고 뭐 하냐?"

마마보이 골샌님 현우가 갑자기 구원자로 보였다. 민재는 공을 들고 철제 펜스가 둘러쳐진 농구 코트 안으로 들어갔다. 그러고는 대뜸 말했다.

"형, 돈 있으면 좀 빌려 줘. 이따, 아니, 나중에 갚을게."

주머니라도 뒤질 듯한 민재의 기세에 현우가 주춤 물러서며 물었다.

"얼마나?"

"있는 대로. 많을수록 좋아. 그리고 형, 신발도 좀 바꿔 주라. 부탁이야."

민재의 막무가내에 현우는 떨떠름한 표정을 지었다.

"이건 뭐 부탁이 아니라 순 날강도네. 최강 팔방미인께서 무슨 일이냐?"

현우는 그러면서도 지갑을 꺼냈다. 민재는 웃음이 나왔다. 민재도 현우에게는 '엄친아'인 모양이었다.

현우의 지갑에는 천 원짜리 몇 장이 전부였다. 민재가 실망한 기색으로 한숨을 쉬었다.

"이유를 말해 주면 현금 인출기에서 찾아 줄 수도 있어."

민재는 잠시 갈등했다. 현우 같은 마마보이한테 시험을 코앞에 두고 충청도 어디로 늑대거북을 찾으러 간다고 하는 게 먹힐까 싶었다. 더구나 현우는 민재네 집에 왔다가 늑대거북한테 손가락을 물릴 뻔한 적도 있었다. 더 큰 위험은 출발하기도 전에 현우가 자기 엄마한테 일러바쳐 엄마 귀에 들어가는 거다. 하지만 둘러댈 다른 핑곗거리도 없었다.

"가면서 얘기해."

남자 대 남자로 비밀 엄수를 부탁, 부탁이 안 되면 협박이라도 할 생각이었다. 그런데 현우는 민재가 들려준 이야기에 놀라지 않았다. 엄마한테 허락받았느냐, 그 이상한 걸 왜 또 데려오려 하느냐는 말 대신 짧게 물었다.

"얼마면 돼?"

현우는 민재가 두어 번 더 올려 부른 금액을 군말 없이 찾아 주었고 자기 운동화도 순순히 바꿔 주었다. 운동화는 딱 맞았다. 민재는 운동화 신은 발을 구르며 현우를 바라보았다. 슬리퍼를 신은 현우에게 고맙고 미안했다.

"형, 지금 후회하는 거 아냐?"

현우가 피식 웃었다.

"안 빌려 준 걸 후회하는 것보단 낫겠지, 뭐. 잘 다녀와라. 언제 거북이 보러 갈게."

현우는 민재의 어깨를 툭 두드리고는 농구공을 들고 가 버렸다. 민재는 고개를 갸웃거리며 어딘가 달라진 듯한 현우의 뒷모습을 바라보았다.

민재는 넉넉한 지갑과 딱 맞아 가뿐한 신발에 흡족한 마음으로 택시를 세웠다.

"시외버스 터미널이요."

선생님이 일러 준 시외버스는 두 시간에 한 대씩 있었다. 30여 분을 기다린 끝에 버스가 승강장으로 들어왔다. 출발한 버스의 좌석은 반도 차지 않았다. 목적지가 인적 드문 오지라고 알려 주는 것 같았다.

선생님이 왜 그런 곳에 가 있는 걸까? 울프는 또 어떻게 해서 선생님이 데리고 있는 걸까? 민재는 당장 전화로 궁금증을 풀고 싶었지만, 가슴 가득 질문을 품은 채 선생님에게 가는 것도 괜찮은 기분이었다. 농구 할 때 피가 끓어오르는 기분과는 다른, 아리고 슬픈, 그리고 약간은 감미로운 기분이 가슴을 휘감았다. 차창을 통해 들어온 가을 햇살이 버스 안을 부유하는 먼지 알갱이뿐 아니라 울프와 선생님에 대한 기억까지도 함께 비췄다.

민재가 선생님을 만난 건 중학교 2학년 때였다. 민재가 울프 기르기에 빠져 공부는 뒷전이라고 생각한 엄마는 영어와 수학 과외 선생님을 붙여 주었다. 수학 선생님은 아주 빡빡한 성격으로 1분 1초도 어기지 않았으며 공부 외의 이야기는 절대로 하지 않았다. 하지만 영어 선생님은 인사를 나눈 엄마가 방에서 나가자마자 민재보다 수조에 들어 있는 울프에게 더 관심을 보였다.

"저거 거북이 아니야? 되게 크다!"

선생님은 아예 자리를 수조 앞으로 옮겼다. 선생님이 통을 톡톡 건드리자 울프가 머리를 쭉 빼고는 이리저리 휘둘렀다.

"이렇게 큰 거북이를 집에서 기를 수도 있구나. 나는 우리 조카가 키우는 쪼그만 청거북이밖에 못 봤는데. 이 거북이는 종류가 뭐야?"

"우리나라에선 늑대거북이라고 하는데요. 원래 이름은 커먼 스내핑 터틀이에요."

"무는 거북이란 말이야?"

"네, 물리면 손가락이 끊어질 수도 있대요. 조심하세요. 엄청 사나우니까."

"그렇게 위험한 걸 왜 키워?"

"멋있잖아요. 폼도 나고. 야생 늑대거북은 더 멋있어요. 꼭 공룡 같다니까요. 지금 우리나라에 있는 늑대거북 중에 가장 크다고 알려진 게 등갑 38센티거든요. 우리 울프는 지금 거의 15센티인데 앞으로 그렇게 키울 거예요."

민재는 신이 나서 이야기했다.

"울프? 얘 이름이야?"

"네, 작년에 헤츨링을 사서 2년째 기르는 거예요."

"헤츨링이라면 헤츠에서 나온 말인가 보네."

"네, 부화한 새끼 파충류를 헤츨링이라고 해요."

영어 선생님에게 영어 단어를 설명하게 될 줄이야. 선생님은 호기심 가득한 얼굴로 민재의 이야기에 귀를 기울였다. 늑대거북에게 이토록 진지한 관심을 보인 어른은 처음이었다.

"나중엔 집에서 키우기 힘들겠다. 점점 더 클 텐데."

"전 어른 되면 마당 있는 집에서 살 거예요. 마당에 울프가 자유롭게 살 수 있는 연못도 만들어 줄 거고요."

"그러려면 돈 많이 벌어야겠네. 그런데 어머니가 참 좋으시다. 이런 위험한 걸 사 주시고."

선생님의 말에 민재는 킥킥 웃었다.

"이럴 줄 몰랐던 거죠."

생일선물로 받은 거였다. 엄마는 5센티미터 정도밖에 하지 않는 조그만 거북이 머잖아 미꾸라지 같은 살아 있는 먹이를 먹어 대고, 연신 물을 갈아 줘야 할 만큼 싸 대는 녀석으로 자랄 거란 사실을 전혀 알지 못했다. 오히려 민재가 원하는 게 징그러운 뱀이나 이구아나, 또는 손이 많이 가는 강아지, 고양이가 아닌 걸 다행으로 여기며 흔쾌히 허락했다.

하지만 엄마는 곧 울프가 열대어나 미꾸라지를 먹는다는 사실을 알고 질겁했다. 민재가 정보를 얻으려고 드나들던 늑대거북 카페의 부운영자가 되자 울프를 다른 사람에게 줘 버리라고 성화를 부렸다. 민재는 울프에게 관심을 보여준 선생님을 차츰 이성으로 좋아하게 됐지만, 영어 공부까지 즐거워지지는 않았다. 엄마는 민재가 효진 샘을 좋아하는 줄은 까맣게 몰랐다. 영어 과외를 좋아하면서도 성적이 오르지 않는 이유를 아기 돌보는 것만큼이나 시간과 정성이 필요한 늑대거북 때문이라고 여겼다.

"달라는 사람 있으면 줘 버릴 거니까 그런 줄 알아."

엄마의 경고에도 민재는 느긋했다. 이미 울프에 대해 온갖 푸념을 늘어놓아 엄마 주변에는 늑대거북을 키우겠다고 나설 사람이 없었다. 그런데 엄마가 정말 울프를 누군가에게 줘 버렸다. 효진 샘까지 아무 말 없이 그만둔 뒤 민재는 농구에 빠져들었다. 현란한 드리블 솜씨를 자랑하며 포인트

가드로서 명성을 날렸지만, 성적은 곤두박질쳤다.

민재의 성적을 위해서라면 지옥행도 마다하지 않을 엄마는 끝내 자신을 제단에 바쳤다. 민재가 고등학교에 입학한 지 며칠 되지 않았을 때 유방암 진단을 받은 것이다. 종양을 제거하며 왼쪽 가슴까지 함께 잘라 내야 했다.

엄마는 수술실에 들어가면서도 민재의 첫 번째 모의고사를 걱정했다. 하지만 민재는 엄마가 원하는 대로 학교에 앉아 있을 수가 없었다. 엄마 말을 거역하는 마지막 일이라고 다짐하며 수술실 앞을 지켰다. 사업 때문에 엄마를 힘들게 하는 아빠와 성적으로 속 썩이는 민재는 엄마의 발병 원인이 서로 자기에게 있다고 우기며 그 시간을 견뎠다. 그리고 서로에게 명문 대학 합격과 금주, 금연을 약속했다.

"나중에 재발할 수도 있다니까 민재가 더 걱정돼. 좋은 대학이라도 들어가야 나중에 제 밥벌이는 하겠구나, 안심하고 눈을 감을 수 있잖아."

수술이 끝난 뒤, 이제 남편과 자식 걱정은 그만하고 네 몸이나 챙기라는 큰이모 말에 엄마가 대꾸했다. 병실에 들어서려다 그 말을 들은 민재는 앞으로 공부 외에는 아무것도 생각하지 않기로 다짐했다. 손에 착착 달라붙게 길이 든 농구공과 많은 격전을 함께 치른 전우 같은 농구화를 친구에게 줘 버릴 때는 살점을 떼어 내는 것 같았다. 민재는 진짜 가슴을 도려내는 것만큼은 아닐 거라고 생각하며 참았다.

그 뒤 민재는 귀도 막고 눈도 막고 공부만 했다. 엄마 말대로 '머리는 좋은데 노력을 안 하던' 민재의 성적은 눈에 띄게 좋아졌다. 민재는 성적표를 보던 엄마의 환한 미소만 생각하기로 했다. 하지만 떠나 버린 것들이 남기고 간 자리에는 늘 휑한 바람이 드나들었다.

그런데 선생님이 울프를 등갑 30센티미터의 성체로 키워 놓았다니, 가슴속이 가득 차올랐다.

2

터미널에 도착했다. 뒤늦게 깜빡 잠이 들었던 민재는 허둥지둥 내렸다. 정오의 햇살이 정수리 위로 쏟아졌다. 민재는 가방을 어깨에 걸치며 선생님을 찾아 두리번거렸다. 선생님 대신 웬 남자가 다가오더니 물었다.

"강민재 학생이지?"

"네, 그런데요."

"박효진 선생님 대신 마중 나왔어."

민재는 어리둥절한 얼굴로 남자를 바라보았다.

"차, 저 앞에 있는데. 가자."

남자가 앞장서서 걸어갔다. 혹시 8년 묵은 애인? 여기서 같이 산다고? 그럼 결혼했나? 여러 생각들이 한꺼번에 일어나 뒤섞였다. 민재는 아직은 선생님 남편이라고 믿고 싶지 않은 남자의 트럭에 올라탔다. 출발한 차는 곧 큰길에서 갈라진 샛길로 들어섰다. 한적한 시골 마을을 지나는 동안 남자는 아무 말이 없었다. 자신이 누구인지, 선생님이 왜 직접 마중을 나오지 않았는지, 먼저 말해 줘야 하는 게 예의 아닌가? 집이 없을 것 같은 비탈길로 접어들 때까지도 남자는 입을 열지 않았다. 원래 말이 없는 사람인가, 아니면 만만찮은 적수에게 본능적인 위압감을 느끼고 있는 건가? 민재는 어깨를 부풀린 채, 마치 먼저 말하는 사람이 패배자라도 되는 양 침묵했다.

심하게 덜컹거리는 비포장도로에서 몇 번이나 입을 열 위기에 처했지만 민재는 끝까지 잘 참았다. 차가 산기슭에 버섯처럼 엎드려 있는 집 마당으로 들어섰다. 농가 주택을 리

모델링한 집이었다. 선생님이 보였다. 머리는 하나로 질끈 묶은 채 풍선처럼 부른 배를 쑥 내밀고 허리에 손을 받친 모습이었다.

"민재야!"

전혀 예상치 못한 모습에 민재는 말문이 막혔다. 사람이 이렇게 변할 수 있다니. 긴 웨이브 머리를 휘날리던 멋지고 세련된 예전 모습은 어디에도 없었다.

"마중 못 나가서 미안해. 그사이 많이 컸네!"

살이 찐 건지 부은 건지 알 수 없는 선생님이 손을 덥석 잡으며 민재를 올려다보았다. 민재가 상상하던 '눈부신' 표정인 건 분명했다. 하지만 기미가 내려앉은 민얼굴과 헐렁한 옷이 불룩 솟아오른 배를 보자 알고 있는 어휘로는 설명할 수 없는 감정이 가슴을 휘저었다. 이제는 남편이 확실해진 남자가 말없이 집 안으로 들어갔다. 무뚝뚝한 그 모습을 보자 문득 선생님이 불행할지도 모른다는 생각이 들었다. 그 생각은 안타까움과 위안을 동시에 느끼게 했다.

"참, 울프부터 봐야지? 그동안 얼마나 보고 싶었겠어."

선생님이 민재 손을 이끌었다.

'그래. 난 울프를 보러 온 거야.'

울프가 있어서 다행이었다.

울프는 철망을 뚜껑 삼은 커다란 고무 통에 들어 있었다. 30센티미터가 실히 넘어 보이는, 윤기 흐르는 등갑이 늠름했다. 물에 하늘이 비쳐 야생에 있는 것 같은 울프를 보자 민재는 감격스러워 울컥 눈물이 솟구쳤다. 울프가 자라는 모습을 옆에서 지켜보지 못한 아쉬움이 커졌다. 마치 남이 키워 준 자식 앞에 선 부모처럼 민재의 마음속은 여러 가지 감정으로 복잡했다.

"울프, 잘 있었어?"

목소리가 떨렸다. 민재는 목을 쭉 빼는 울프가 자신을 알아보고 반기는 거라고 생각했다.

민재가 철망 뚜껑을 벗기고 손을 대려는 순간 울프가 길게 늘인 목을 휘둘렀다. 찰나의 일이었다. 민재는 비명을 지르며 손을 뺐다. 아슬아슬하게 울프의 이빨을 피한 손가락에서 피가 났다.

"어머, 어떡하면 좋아! 오빠! 오빠!"

선생님이 민재 손을 잡고 소리를 질렀다. 민재는 선생님이 놀란 게 더 걱정되었다.

"전 괜찮아요, 선생님."

민재는 아픈 것보다 엄지손가락 반만 할 때부터 정성을 다해 키운 녀석한테 물릴 뻔한 게 솔직히 더 서운했다. 게다가 선생님과 남편에게 이런 꼴을 보인 것도 창피했다.

곧 선생님 남편이 약통을 가져왔다. 민재는 괜찮다고 고집을 피웠으나 그도 만만치 않았다. 차 안에서 침묵 경쟁 할 때 알아봤어야 했다. 선생님 남편은 민재를 평상에 주저앉히더니 손가락에 약을 바르고 반창고를 붙여 주었다. 그러고는 민재가 그의 침묵에 온갖 의미를 붙였던 것에 비하면 너무 싱겁게 입을 열었다.

"이만하길 다행이야. 저 녀석이 반가워서 흥분했나 보다."

선생님 남편은 약통을 가지고 다시 안으로 들어갔다. 민재는 헛김 빠지는 기분으로 울프의 마음을 대변해 준 그의 뒷모습을 바라보았다.

"아프지? 큰일 날 뻔했다."

효진 샘이 민재의 손을 어루만지며 걱정했다.

"그런데 어떻게 울프가 여기에 있는 거예요?"

민재는 자기도 모르게 따지는 듯한 말투로 물었다.

"놀랐지? 너한테 말 안 한 거 정말 미안해."

선생님의 표정에 진심이 묻어났다. 그 모습을 보자 민재는 투정이 저절로 일었다.

“정말 너무해요. 내가 힘들어한 거 아셨으면서…….”

민재는 늑대거북을 좋아하는 누군가가 키우고 있을 거라며 위로해 주던 효진 샘이 떠올랐다. 그때 눈치챘어야 했다.

“미안하긴 한데 오르지 않는 네 영어 성적 탓도 있었어.”

선생님이 웃으며 말했다.

“그게 무슨 말이에요?”

“애한테 과외를 시키는 이유가 뭐야? 그 과목 성적을 올리기 위해서잖아. 네 성적이 오르지 않아서 죄송하던 참에 너희 어머니가 중간고사 볼 때까지만 울프를 좀 맡아 달라고 해서 거절할 수가 없었어. 과외 선생한테 무슨 힘이 있겠니? 이제 와서 말이지만 그때 네가 내 유일한 학생이었거든.”

효진 샘의 표정이 밝아서 민재도 웃을 수 있었다.

“그런데 중간고사 끝난 뒤부터 안 오셨잖아요. 아무 말도 없이……. 그때 제가 얼마나 충격 먹었는 줄 알아요?”

“어머니가 그 말씀을 안 하셨어?”

선생님이 민재를 바라보았다.

“무슨 말씀이요?”

“내가 그만둔 게 아니라 잘린 거란 얘기.”

"정말요? 왜요? 선생님이 뭘 잘못했다고 잘라요?"

아침에 선생님의 문자를 받았을 때보다 더 놀랐다.

"네 영어 점수가 더 떨어지는 바람에 전화로 통고받았어. 너한테 연락하지 말아 달라고 하셔서 전화도 못 했다."

민재는 어이가 없어 화도 나지 않았다.

"내 말 듣고 집에 가서 엄마하고 싸우는 거 아니지?"

선생님의 말에 민재는 한숨을 쉬었다. 옛날, 엄마가 가슴 한쪽을 잘라 내기 전이라면 골백번도 더 따지고 싸울 일이다. 효진 샘에게 울프를 떠넘긴 것도, 과외 교사 자리를 자른 것도 입도 뻥긋하지 않았으니 말이다. 울프를 어떻게 할지 묻는 선생님에게 버리든지 남에게 주든지 마음대로 하라고 했을 엄마 모습이 어렵지 않게 떠올랐다.

"저, 이제 옛날의 민재가 아니에요. 요샌 농구도 안 하고 공부만 해요. 엄마 말도 잘 듣고 성적도 많이 올랐고요."

민재는 그 말을 하는 자신이 조금도 자랑스럽지 않았다.

"철들었나 보네. 진작 좀 그럴 것이지."

선생님이 웃었다. 민재도 씁쓸한 웃음을 보탰다.

"참, 그런데 울프를 못 키우게 됐다는 건 뭐예요?"

민재는 문득 통화 내용이 생각나 물었다.

"응, 그거……. 아무래도 아기가 태어나면 키우기 힘들 것 같아서……."

아기가 마당에서 아장아장 걸어 다니는 모습을 상상하니 이해가 되었다. 고무 통에 든 울프는 너무 위험했다.

"그래서 울프를 양어장 하는 저이 친구한테 보내기로 했는데, 이번에도 너한테 말하지 않으면 두고두고 후회할 것 같아서 전화한 거야. 네가 데려가겠다면 도로 돌려줄게."

민재는 순간 당혹감이 밀려왔다. 이제 와서 데려가라고요? 저 큰 집에 익숙해진 녀석을요? 차라리 그냥 보내지 그랬어요. 양어장 하는 집이라면 실컷 먹을 수 있겠네요. 잘 먹고 잘 자라 50센티미터까지 큰 울프를 상상하자 마음속의 말들이 날카로운 조각이 되어 쿡쿡 쑤셔 댔다.

"데려가기 힘들겠지?"

선생님이 조심스레 물었다.

울프가 세상에 없을 거라고 포기했던 때가 차라리 나았다. 민재는 대답 대신 발부리로 땅바닥을 찼다. 제 갈 길 가던 개미들이 느닷없는 재난에 우왕좌왕했다. 선생님이 한숨을 쉬었다.

"우리 혜림이 생각이 나서 전화했는데, 괜히 널 다시 힘들게 하나 보다."

"혜림이요? 그게 누군데요?"

"기억 안 나? 내 조카가 너랑 동갑내기였잖아."

"조카요? 아, 그 청거북 키운다는. 청거북이는 지금도 잘 커요?"

청거북 등껍질에 곰팡이가 피었다며 선생님이 민재에게 전화를 걸어 왔던 적이 있었다. 전화기 너머에서 선생님과 조카가 직접 말하라느니, 대신 하라느니 옥신각신하던 게 떠올랐다. 선생님이 머뭇거렸다. 죽었나 보다.

"조카 생각이 나는데 왜 저한테 연락하셨어요?"

갑자기 전화해서 울프를 보게 한 선생님이 원망스러웠다.

"우리 혜림이한테는 연락할 수가 없어."

구름이 지나가며 샘의 얼굴에 그늘을 드리웠다.

"왜요?"

"여기 없거든."

민재는 고개를 끄덕였다. 외고를 갈까, 유학을 갈까, 궁리 중이라고 했던 기억이 나는데 유학 간 모양이다.

"있을 때 잘해 주지 못한 게 너무 후회돼."

"나중에 돌아왔을 때 잘해 주면 되잖아요."

선생님이 무슨 말인가를 하려다가 그냥 웃었다. 어딘지 쓸쓸한 웃음이었다.

"그런데 어떻게 여기에서 살게 됐어요? 전엔 그런 말 없으셨잖아요."

민재는 울프에 관한 결정을 미루고, 아니, 피하고 싶었다.

"원래 저 사람 꿈이 이렇게 사는 거였어. 나는 도시에서 살고 싶었고. 그래서 십 년 가까이 만나다 헤어졌다, 다시 만나기를 반복했지. 그러다 저 사람이 내 운명이란 생각이 들었어. 이 집 저 집 다니며 하는 과외에 염증이 나기도 했고."

"여기 사는 거 후회는 안 하세요?"

"후회할 때도 있고, 잘했다 싶을 때도 있고 그렇지, 뭐."

"이런 산골에서 안 무서워요?"

"처음엔 무서웠는데 지금은 도시가 더 무서워. 무관심이랑 이기심이랑 경쟁심이랑……. 여긴 그냥 제 모습대로 순하게 살 수 있어서 좋아."

푸석푸석 붓고 기미가 낀 얼굴로 선생님이 순하게 웃었다. 그 얼굴이 편해 보인다는 생각이 들었다.

"아기 낳으면 여기서 어떻게 키워요? 유치원도 학원도 없는 것 같은데."

"근처에 분교가 있어. 그리고 학원 대신 들판에서 뛰어놀게 하려고."

"샘, 너무하는 거 아니에요? 저한테는 공부하라고 그렇게 닦달했으면서……."

민재가 농담 섞인 투정을 부리자 선생님이 자조의 빛이 묻어나는 말투로 대꾸했다.

"그러게. 그때는 그렇게 하는 게 잘하는 건 줄 알았지."

둘 사이에 침묵이 흘렀다. 맑은 햇살과 바람이 넘나드는 평온한 침묵이었다. 민재는 말없이 울타리 주변에 아무렇게나 피어난 꽃들을 보았다. 본 적이 있는 것도, 처음 보는 것도 있었지만 이름을 아는 꽃은 하나도 없었다.

선생님 남편이 밥 먹으라고 불렀다. 민재는 아까부터 음식 냄새에 군침이 돌던 중이었다.

"밥 먹자. 우리 아기도 밥 달라고 성화다."

선생님이 불룩 나온 배를 어루만지며 말했다.

마루 위에 차려진 밥상은 잡곡밥과 돼지고기 두루치기, 김치와 쌈 채소로 가득했다. 셋은 둘러앉아 밥을 먹기 시작했다. 밥과 고기만 먹는 민재에게 효진 샘이 말했다.

"완전 무공해 채소니까 한번 고기에 싸 먹어 봐."

평소 고기를 쌈에 싸 먹지 않지만, 민재는 선생님이 권하는 대로 채소를 집어 들었다. 쌉싸름한 채소와 달짝지근한 두루치기가 제법 잘 어울렸다. 맛있게 밥을 먹으면서도 선생님 부부가 산골에서 왜 이러고 사는지는 잘 이해되지 않았다.

"거북이는 어떻게 하기로 했어?"

선생님 남편이 누구에게랄 것 없이 물었다.

민재는 선뜻 무어라 대답하기 힘들었다. 누구든 결정을 내려 주었으면 좋겠다는 생각까지 들었다.

"어떻게 해야 좋을지 모르겠어요. 이렇게 넓은 데서 사는 게 울프를 위해서 더 좋을 것 같기도 하고. 사나워져서 집에 데리고 가는 것도 좀 걱정되고요."

민재가 눈길을 떨어뜨리며 우물우물 말했다.

"여기든, 내 친구네든 도시보다 환경이 좋은 건 맞아. 그런데 울프가 사나워진 건 아니지. 늑대거북은 원래 저런 거 아닌가."

선생님 남편이 말했다.

맞는다. 그게 매력적이어서 늑대거북을 선택했었다.

3

밥을 먹은 뒤 민재는 울프에게로 갔다. 그러고는 선생님이 일러 준 플라스틱 통에서 뜰채로 미꾸라지 몇 마리를 건져 울프에게 주었다. 울프는 날렵하게 사냥에 나서 단숨에 먹이를 해치웠다. 울프가 포만감을 느끼며 나른한 표정을 지을 때 민재는 조심스레 꼬리를 움켜쥐고 울프를 들어 올렸다. 울프가 버둥거릴 때마다 그 무게가 더욱 실감 나게 가슴에 와닿았다. 더불어 울프와 또다시 헤어지고 싶지 않다는 마음이 커졌다. 민재가 바라는 건 울프를 곁에 두고 순간순간 함께 하는 기쁨을 누리며, 자신의 일상과 얽힌 그의 일상을 기억하고 싶은 거다.

민재는 그 마음을 떨쳐 내려고 얼른 울프를 통 안에 도로 내려놓았다. 선생님이 계속 울프를 키워 준다면 두고 갈 수 있을 것 같았다. 울프가 보고 싶으면 달려올 수도 있고, 전화로 안부를 물을 수도 있고. 이제껏 잘 키워 준 것처럼 앞으로도 그럴 거라는 믿음도 갔다. 그런데 다른 집에 간다면 울프와 영원히 이별하는 것이다. 첫 번째 이별은 민재의 뜻이 아니었지만 두 번째 이별은 순전히 민재의 뜻이다. 영원한 이별을 떠올리자 생각만으로 가슴에 구멍이 뻥 뚫리는 것 같았다. 이미 희미해진 첫 이별의 기억과는 비교도 할 수 없을 만큼 커다란 허전함이었다.

'강민재, 그동안 잊고 살았잖아. 울프가 세상에 없다고 생각했던 그때로 돌아가.'

민재는 자신을 달랬다. 하지만 한편에서 다른 목소리가 불쑥 솟아올랐다.

'하지만 울프는 살아 있고, 지금 내 눈앞에 있어.'

모두 민재 것임이 분명한 두 목소리가 싸우기 시작했다. 한 치의 물러섬도 없이 팽팽하게 맞서는 둘을 민재는 속수무책으로 지켜보았다.

'그래서 어쩌겠다고. 집에 가져가면 엄마가 퍽도 좋아하겠다. 벌써 잊었어? 수술실 앞에서 맹세했던 거.'

'그동안 맹세를 지키려고 최선을 다해서 노력했어. 앞으로도 그럴 거고. 울프를 데려간다고 해서 달라지는 건 없어.'

'하지만 엄만 울프를 보는 순간 다시 불안해할 거야.'

여태껏 살아오면서 맞닥뜨린 일 중에 가장 힘든 선택의 순간이었다. 농구공과 농구화를 친구에게 줄 때도 이렇게 힘들지는 않았다. 엄마에 대한 맹세가 벌써 희미해진 건가, 엄마를 사랑하는 마음이 덜해진 건가. 죄책감이 민재를 더 괴롭혔다.

"가슴 한쪽이 뭐가 그렇게 중요하다고 비싼 돈 들여서 수술해? 그럴 돈 있으면 민재를 밀어줘야지."

가슴 재건 수술을 권하는 큰이모에게 엄마가 말했다. 그 이야기를 들었을 때도 민재는 더욱 열심히 공부해야겠다고 다짐했다.

"그런데 왜 그렇게 우울한 얼굴이야? 요새는 강서방이랑 민재도 잘한다면서."

민재는 자신의 성적이 아직 만족스럽지 않기 때문이라고 생각했다.

"그러게 말이야. 민재가 마음잡고 공부하는데, 그거면 됐지. 가슴 한쪽 없는 게 뭐 어떻다고……. 난 엄마 자격이 없나 봐."

엄마가 그런 생각을 하지 않도록 성적을 더 올려야겠다고 마음먹었다.

그런데 어느 날 무심코 안방에 들어갔을 때, 옷을 갈아입던 엄마가 화들짝 놀라 옷가지로 몸을 가렸다. 수술하기 전에는 오히려 민재가 민망해서 피하면 피했지, 아들 앞에서 스스럼없이 옷을 갈아입던 엄마였다. 그때 생각이 나자 민재는 정말 자기 성적이 엄마의 행복을 재는 바로미터인가 하는 의구심이 들었다.

"민재야, 저이가 양어장 하는 친구네 집에 가 보자는데 그럴래? 그럼 울프를 두고 가도 마음이 좀 편할 거야."

민재가 바로 대답하지 못하는 걸 포기로 이해했는지 선생님이 말했다. 민재는 그러기로 했다. 결정의 순간을 잠시라도 더 늦추고 싶었다.

민재는 트럭에 올라탔다. 이번에도 선생님은 집에 남았다. 조산할 위험이 있어 조심해야 한다고 했다. 민재는 선생님 남편에 대한 전의는 사라졌지만, 여전히 할 말이 없어 침묵을 지켰다.

양어장은 선생님 댁에서 멀지 않은 곳에 있었다. 양어장 옆에는 식당 건물을 건축 중이었다. 친구라고 해서 선생님 남편과 같은 또래인 줄 알았는데 양어장 주인은 훨씬 나이가 많아 보였다.

선생님 남편이 민재를 소개하자 주인은 별말 없이 민재를 공사 중인 건물 뒤편으로 데리고 갔다. 너른 마당 끝자락에 작은 웅덩이가 있었다. 그 아래로 누런 벼가 고개를 숙이고 있는 논이 펼쳐져 있었다.

"이 웅덩이를 환경에 맞게 바꾼 다음 철조망을 치고 거북이를 키우려고 해. 식당을 열기 전에 마당도 조경할 계획이거든."

민재가 전에 키우던 작은 수조는 물론 선생님네 고무 통에 비해도 천국 같은 곳이었다. 양어장에서 키우는 싱싱한 물고기를 마음껏 먹으면 정말 야생의 늑대거북처럼 크게 자랄 수 있을 거다. 그런데 왜 조금도 기쁘지 않을까?

민재는 아무 대답도 하지 못한 채 다시 트럭에 올랐다. 울프가 말을 할 수 있거나 울프의 마음을 읽을 수 있다면 편할 것 같았다. 울프가 원하는 걸 해 주면 되니까.

"결정하기 힘들지?"

선생님 남편이 말을 걸었다.

"정말 어떻게 해야 좋을지 모르겠어요. 양어장에서 크면 울프한테 좋을 것 같긴 한데……."

"그게 너한테도 좋아?"

민재는 선뜻 그렇다는 대답이 나오질 않았다.

"잘 모르겠어요. 아니, 좋지는 않은 것 같아요."

"어떤 일을 결정할 때 나한테 좋은 것을 우선순위로 삼는 게 가장 적절한 선택일 때도 있어. 그게 꼭 이기적인 것만은 아니야."

"저……."

사부님이라고 불러야 할지, 아저씨라고 해야 할지, 아니면 형이라고 해야 할지 난감했다.

"저라면 어떻게 하시겠어요?"

민재는 호칭을 생략하고 물었다.

"네가 지금 망설이는 이유가 뭔데? 집에 데려가서 키울 게 걱정인 거야?"

"……아뇨. 엄마가 싫어하실 거예요. 엄마가 몸이 아프시거든요."

민재는 오늘 처음 본 선생님 남편에게 자기도 모르게 속내를 털어놓았다.

"엄마 때문이라고 원망하지 않을 자신이 있으면 여기 두고 가는 것도 좋아."

그럴 수 있을까? 농구 하고 싶은 마음을 누를 때 엄마를 원망하는 마음까지 함께 눌러야 하는 게 힘들었다.

울프를 두고 가서도 그전처럼 엄마를 대할 수가 있을까?

민재는 고개가 끄덕여지지 않았다.

'울프를 데려간다고 해서 엄마를 사랑하지 않는 건 아니야. 나도 엄마가 어떻게 하든 엄마의 사랑을 의심하지는 않잖아.'

민재는 생각했다. 울프가 자신을 물려고 했을 때도 서운하기는 했지만 그 사랑을 의심하지는 않았다. 그게 울프식의 사랑이니까. 선생님 부부가 이 산골에서 사는 게 나빠 보이지 않는 것도 자기식의 삶을 살고 있기 때문은 아닐까? 생각이 꼬리를 물고 이어졌다.

민재는 점점 서로에 대한 엄마의 사랑도 자신의 사랑도 어딘지 잘못됐다는 생각이 들었다. 상대를 위해서 참는다고 생각하는 사랑, 그래서 더 의미 있다고 생각하는 사랑이 과연 옳은 것일까? 민재는 버섯 같은 선생님의 집이 보일 때까지 생각에 잠겼다.

빨랫줄에 하얗고 작은 아기 옷들이 널려 있었다.

"아기 낳으러 가기 전에 햇볕하고 바람에 소독 한 번 더 하려고. 정말 조그맣고 귀엽지?"

빨랫줄 아래서 선생님이 환하게 웃었다. 눈이 부셨다.

"오늘 고마웠어. 오늘이 혜림이 생일이라 효진 씨가 아주 우울했거든. 네가 와 줘서 많이 나아졌어."

터미널로 데려다주는 차 안에서 선생님 남편이 말했다.

"선생님은 조카를 정말 많이 사랑하시나 봐요. 생일날 못 본다고 우울하기까지 하신 걸 보면요."

민재는 자기 덕분에 선생님이 많이 나아졌다는 말에 덩달아 기분이 좋아졌다.

"첫 조카라 정이 깊었지. 그리고 그런 선택을 할 만큼 힘들 때 아무런 도움이 돼 주지 못한 걸 아주 힘들어했어."

"그런…… 선택이요? 무슨 선택이요?"

민재가 불길한 예감에 놀라 물었다.

"모르고 있었나 보네. 몇 달 전에 그만 스스로……."

선생님 남편이 말을 맺지 못한 채 한숨을 쉬었다. 그게 무슨 뜻인지 안 민재는 머리의 피부가 위로 힘껏 당겨 올라가는 느낌이 들었다.

민재는 아무 말도 할 수 없었다. 한 번도 만난 적은 없지만 선생님한테 이야기를 자주 들어 잘 아는 사이 같았던 아이다.

"다음에 또 놀러 와."

버스가 터미널에 들어서자 선생님 남편이 손을 내밀며 말했다. 민재는 얼떨결에 그 손을 잡았다. 거칠고 단단한 손이었다.

“네, 아기 태어나면 연락해 주실 거죠? 다음에 올 땐 아기 선물 사 가지고 올게요.”

민재는 울프가 들어 있는 플라스틱 통을 안고 터미널 안으로 들어갔다. 꼭 맞아 처음에는 가뿐한 것 같던 현우의 신발이 오래 신고 있으니 발이 아팠다. 민재는 멈춰서서 운동화를 꺾어 신었다. 그러고는 늠름한 늑대거북이 가슴에 들어앉은 듯 버스를 향해 힘찬 발걸음을 내디뎠다.

작가의 말

초판

어떤 작품이든 그 글을 쓴 작가가 체득한 삶이 스며들게 마련이다. 이 책도 마찬가지다. 청소년 단편소설 다섯 편을 쓴 십여 개월의 시간과 지금 막 청소년 시기를 보내고 있는 내 아이들의 삶이 씨줄과 날줄로 얽혀 들었다.

다섯 편 중 가장 처음으로 쓴 「생 레미에서, 희수」 때만 해도 나는 내 아이들이 고등학교를 졸업하고 대학에 들어가는 평범한 삶을 살 것이라 믿어 의심치 않았다. 그러면서도 대학 입시를 위해 행복과 청춘을 유예해야 하는 아이들의 삶에 깊은 회의를 느꼈다. 대한민국의 모든 아이들이 꼭 대학 입시라는 한 가지 목표를 향해 달려가야 하는가? 그 길 위에 서 있지 않은 아이는 문제아거나 실패자인가? 학교 밖의 아이, 희수는 그런 질문에서 태어났다.

그 무렵부터 이미 내 아이들은 학교 밖의 세상을 꿈꾸었던 것 같다. 어쩌면 그것을 감지한 엄마의 본능이 「늑대거북의 사랑」을 쓰게 한 건지도 모르겠다. 방황하고 고민하고 갈등하더라도 누구나 걷는 그 길로 다시 들어서기를 바라며. 그러나 아들은 학교로 돌아가지 않았고 나는 그 애의 선택을 존중할 수밖에 없었다.

그리고 나는 「초록빛 말」을 썼다. 입시 감옥에 갇힌 아이들에게 학교가 아닌 다른 공간을 체험하게 해 주고 싶었다. 그 체험을 통해 자신이 있는 자리의 소중함을 깨달으면 좋겠다고 생각했다. 그 글을 쓰는 동안 이번에는 딸아이가 학교를 그만두겠다고 했다. 제 오빠처럼 검정고시를 쳐서 대학에 가겠다는 것도 아니고 그냥 집에서 책 읽고 그림 그리며 지내겠다는 것이었다.

그제야 비로소 나는 아들의 자퇴를 순순히 허락한 것이 '더 좋은 대학에 가기 위해서'라는 뚜렷한 목표 때문이었다는 것을 깨달았다. 나 역시 보통 엄마였다. 하지만 대부분의 아이들과 다른 생각을 한다고 해서, 평범한 길을 걷지 않는다고 해서, 그 아이가 틀린 것은 아님을 인정할 수밖에 없었다.

그다음으로 친구를 옥상에서 밀어 버린 아이에 대한 뉴스를 본 뒤 머릿속에서 떠나지 않던 이야기를 바탕으로 「벼랑」을 쓰기 시작했다. 떨어져 다친 아이보다 친구를 민 아이가 내 가슴에 가시처럼 박혀 있었다. 원래부터 문제아나 비행 청소년은 없을 것이다. 친구를 밀어 버린 그 아이도 세상에 태어났을 때는 천진하고 사랑스러운 존재였을 것이다. 무엇이 그 아이로 하여금 옥상에서 친구를 밀어 버리게 했을까? 「벼랑」을 쓰면서 나는 너무 고통스러워 자주 글쓰기를 멈췄고, 울었다.

마지막으로 딸을 모델로 한 「바다 위의 집」을 쓰면서도 나는 많이 울었다. 그 애와 몇 달 동안 벌인 실랑이와 그로 인해 주고받은 상처들이 떠오르기도 했지만, 무엇보다 딸이 이해받지 못하는 동안 얼마나 외롭고 서러웠을까 하는 생각 때문이었다. 그 작품을 쓰면서 나는 비로소 딸을 진정으로 이해하게 되었고 새삼 가슴이 아렸다.

단편소설들을 쓰는 내내 동아줄처럼 붙잡았던 화두는 '행복'이다. 아이들이 행복한 삶을 위해 어떻게 해야 하는지 나는 아직도 답을 모른다. 다만, 이 세상의 현우와 희수, 민재, 이진, 난주, 은조 들은 물론 세상을 떠난 혜림이들까지도 행복하기를 진심으로 빌 뿐이다.

2008년, 그들처럼 싱그러운 초여름에

이금이

개정판 작가의 말

개정 작업을 하다 보면 그 작품을 쓰던 시기의 감정이 오롯이 되살아나곤 한다. 이 책이 특히 그랬다. 한 작품, 한 작품, 대한민국 고등학생의 엄마로서 아이들과 이 세상, 그리고 나 자신과 부딪히고 부대꼈던 많은 갈등과 의문, 고민 들이 새삼스레 마음을 휘저었다.

소설 속 아이들의 생활 모습이나 상황 등을 요즘에 맞춰 수정하지 않은 건, 세월의 흐름에도 불구하고 청소년의 현실이 크게 달라지지 않았음을 드러내고 싶어서였다. 그리고 소설들의 전면에, 또는 배경으로 등장하는 혜림의 이야기를 써서 개정판에 실으려고 했던 마음도 끝내 접고 말았다. 벼랑 끝에 설 수밖에 없었던 혜림이들의 자리를 비워 두고 싶은 마음이 더 컸기 때문이다.

이 책에 실린 작품들은 각각 독립된 이야기지만, 소설 속 인물들은 어떤 관계로든 서로 연결돼 있다. 이런 방식을 택한 이유는, 벼랑 끝에서 나 혼자인 것 같은 고립감이나 절망을 느낄 때도 우리는 누군가와 연결된 존재임을 말하고자 함이었다. 보이는 곳에서, 보이지 않는 곳에서 마주 잡은 손들이 우리를 무너지지 않게 해 줄 것이다. 다시 일어서게도 해 줄 것이다.

한 해를 버텨 낸 모든 분들과 보다 행복한 새해를 맞이하고 싶다.

2022년 끝자락에서

이금이

이금이 청소년문학
벼랑

초판 1쇄 펴낸날 2008년 6월 20일
초판 10쇄 펴낸날 2018년 12월 20일
개정판 1쇄 펴낸날 2022년 12월 15일

지은이 이금이
펴낸이 이어진
편 집 오지숙
디자인 잇

펴낸곳 밤티
등 록 2020년 5월 18일 제2020-000081호
주 소 04590 서울시 중구 다산로 156 부흥빌딩 2층 136호
전 화 02-2235-7893
팩 스 02-6902-0638
이메일 bamtee@bamtee.co.kr
홈페이지 www.bamtee.co.kr

ISBN 979-11-91826-22-7
979-11-971205-3-4 44810(세트)

• 이 책은 출판사 푸른책들에서 2008년에 출간한 『벼랑』의 개정판입니다.